다이어터

3

중앙books

도롱
도롱
슥…
….
두통이 없고 손이 저리지 않는다.
그것만으로도 다이어트 초반엔 항상 감사하고 행복했는데….
이대로 다이어트를 포기하면 예전으로 돌아가겠지.
다시 살찌고, 다시 아프고, 집에만 있게 되고….
그런 생활은 이미 지겹게 겪었어.
외모 문제가 다가 아니야….
난 살을 빼야만 하는 이유가 많아.

여기까지 와서 포기하는 건 내 몸에 못 할 짓이야.
뒤척 뒤척
….
하지만….
여태까지의 노력이 그런 식으로 비웃음 당하는 건 ….
여전히 마음이 아프다….

그래도 내 노력으로 여기까지 왔잖아?
난 대단해.
응, 응.
좋아…!
내일부터 다시 시작하자.
초심으로 돌아가자!
초심으로!
초심!!
저 운동 열심히 하고 있거든요?!
너 나보다 스쿼트 잘함?!
뭐야?!
뭐!!
?!
이 자식! 감히 내 회원을 농락했겠다?!
콱
너 혼 좀 나볼래?!
선생님이 그때 옆에 있었다면 내 편을 들어 줬겠지…?
커…

대홍수를 겪은 지방과 근육은 잠시 휴전 협정을 맺기로 했으나
좀처럼 의견 차이를 좁히지 못해 난항을 거듭하고 있었다.

뭐 이리 따지는 게 많아?
그냥 잠시 휴전하고 서로 뒷수습부터 하자고.
으응?
아뇨. 당신은 앞에서만 그렇게 말해놓고 뒤에서 몰래 지방군을 늘리겠죠!
악당이니까!
쓰레기통은 왜 차고 다닙니까.
어린애 처럼.
신수지가 먹는 것만 믿고 의기양양 하더니….
변하기 시작하니까 초조하죠?
점점 과열되는 회의장 분위기.
끄으으….
당신은 이제 끝났어.

그래서 어쩌라고!
이 자식! 근육 좀 늘었다고 잘난 척 하지 마!
쾅
우리도 아직 지방 많이 남아있어!!
못해 먹겠네!
에잇
잘난척 하지마!
에잇!
이 자식!
그만! 그만!
우당탕
흥분은 금물이라네. 친구들.
일단 앉아.
앉아 보라고.
휴우.
자…. 그럼 이렇게 하자고.
사실 나도 수지 체중이 급격히 변하게 되면 이것저것 세팅할 게 많아.
윈도우 새로 까는 것보다 더 귀찮다니까, 진짜.
그러니까 우리 잠시만 두고 보자고.
어때?
수지의 다이어트 6개월 차.
신수지가 열심히 운동해도 당분간은 적정 체중을 유지하는 쪽으로 가면 어떨까?
양쪽 다 재정비하자는 의미에서 말이야.

이번 협정은
정체기와는 조금
다른 것이….
ㅋ ㅋ ㅋ ㅋ ㅋ ㅋ ㅋ
우리의 몸은 조금씩 찌기도 빠지기도 하지만
곧 자기가 유지하려는 몸무게로 돌아가려는
성질이 있다.
와…
빠졌네♡
쪘어… 으흐흑
다시
빠졌다
!!
히히
뇌가 설정해 놓은
자신의 원래 몸무게.
넌 70kg
이야
누가 뭐래도
70kg
그렇게
정한거야
그것이
세트 포인트다.
몸무게는 항상
출렁이는 컵 속의
물 높이.
세트 포인트는
컵 속에 담긴
물의 양으로
생각하면 거의
틀림없을 것이다.

몸무게는 단시간에 급격히 낮출 수도 있지만
세트 포인트를 낮추기 위해선 시간이 필요하다.

좋아….
그럼….
당분간 74kg
정도에서
합의를 보면
괜찮을 것
같은데….
어때?
….

그동안 계속
열심히 했는데
체중이 너무
변하지 않으면
신수지가 작정하고
계속 굶을 수도
있잖아요?
70kg쯤에서
결정하죠.
73.5!
71!
72…!
크악!
진짜
더 이상은
안 돼!
절레
절레
그동안 우리가
입은 피해가
얼만데?!
벌써 18kg 이상의
지방을 잃었다고!
작아지고 불쌍한
우리 애들을 봐!
….
좋아요. 그럼
72kg으로
정한 겁니다.
수지나라,
제 1차 세트 포인트
협정 타결…!

…이봐.
여기 추가 조항을
넣어야 할 것 같아.
차 3자
어떤…?
'설탕, 액상 과당,
흰 밀가루로 만든
빵이나 면 종류를
먹으면 세트 포인트가
올라간다.'라고
추가해줘.
그런….
좋아,좋아. 이 정도는
근육 쪽이 양보해.
어쩔 수
없어.
…
ㅋ ㅋ ㅋ ㅋ
지방대장도
너무 좋아할 것 없어.
<자주>,<즐겨먹는>
이란 단어를 추가할
테니까.
이 정도는 이해해
줄 수 있겠지?
끄덕
끄덕
자, 새로운
협정문이야.
확인해보고
둘 다 사인해,
사인.
스슥
슥
길었던 회담이
끝났다.
잘 가.
쌩!
싸우지 말고.
나름 성과가
있었지만….
충분하진
않은
결과다.
이렇게 힘들게
발전한 우리 마을을
끝까지 지켜내야
할 텐데….
옛날처럼 지방들에게
다시 괴롭힘 당하며
살 순 없어…!

신이여…!
부디 수지가 계속 운동과 식이 조절을 꾸준히 하게 해주시고…!
맛있는 걸 먹더라도 다음날 다시 열심히 운동할 수 있는 힘을 주십시오…!
제발!
이런 꼬마 근육의 바람이 통했는지….
초심!
벌떡
신수지 부활!!
초심!
치카
푸카
치카
초심!
훅
훅
훅
훅

좋아! 이대로 탄력받아서
12월과 1월을 열심히 하면
앞자리 6을 볼 수 있겠지?!
지금이
74kg
이니까….
두 달 동안 4kg
이상 감량이다!
이글
이글
열심히 하자!
난 할 수 있다!!
화이팅!!
수지는
그렇게
야심 찬
겨울나기를
시작했다.

초심!
초심!
초심!
열심히 운동한 지
두 달이 지났고,
어느새 2월!
고맙습니다.
고맙습니다….
이게 다 선생님
덕분이에요.
이렇게까지
변할 줄은
몰랐어요.
선생님은 정말
제 인생의 은인
이에요….

….
…???
….
아….
역시 그렇죠?
그렇지.
이렇게 쉽게 끝날 리가 없죠? 어쩐지 저도 이상했어요.
꼭 저런 컷이 나오면 꿈에서 깨더라고요?
전 앞으로도 한참 고생해야 되잖아요. 그렇죠?
하하하
ㅋㅋ
낄낄낄
ㅋ
….
한심한 녀석.
뭘 멍하니 서 있어?

현실.
74.0
몸무게가 무슨 상관이야? 2달 동안 지방만 2kg이나 늘었는데!!
체성분 분석
체중
근육
지방
크윽….
순수 지방만!!
그…. 그래도….
찌지는 않았….
얼씨구?
초심으로 돌아가겠다던 수지는 왜 이 지경이 되었을까.
쏴아아아
아하하!
아오!! 이렇게 먹어 제낄 줄 알았으면 세트 포인트 협정 같은 거 맺지 말걸!
아직도 겨우 74kg 이라니!
이제부터 시작입니다. 대장님!
이대로 쭉 쪄버리는 겁니다!
비!
만!
비!
만!
무럭
무럭
무럭

시간은
두 달 전으로
돌아간다.
초심!!
그토록 단단히 결심한
수지였지만….
펄쩍
초심!!
펄쩍
초심!!
펄쩍
각종 모임이
많을 수밖에 없는
연말연시를 피할
도리가 없었던
것이다.
늦겠다,
늦겠어!
12월 초 동창회.
너 살 많이
빠졌구나?
그래…?
와-
대박~
진짜
예뻐졌다!
진짜!
고마워ㅋ
이 멍청아! 이번 주엔
치팅데이 없어!
안주를
이렇게 많이
먹으면
어떡해?!
네….
죄송해요….
그래도 예뻐졌다니까
기분 좋다.
히히

12월 중순 부모님 댁 방문.
아이고 세상에! 얼굴이 반쪽이 됐네!?
회사 일이 많이 힘든가 보구나?
SPOM
수지야. 식기 전에 들어라 어서.
먹고 죽은 귀신은 때깔도 좋단다
어쩜 이렇게 살이 많이 빠졌다니?
우리 딸 길에서 마주치면 못 알아 보겠다!
부모님 앞에서 걱정을 끼칠 수 없지!
팍팍 먹자! 집에 있을 동안만!
와구 와구
진짜 이럴래?? 식단이 이게 뭐야?!
엄마가 가져가서 먹으라고….
죄송 합니다….
그리고 뭘 또 싸온 거야?
그래도 맛있다….
맛있네.
부모님이 싸준 음식은 둘이서 다 먹는 데만 꼬박 일주일이 걸렸다.
새빛은행
띠롱
수지 씨. 크리스마스에 별일 없으면 솔로들끼리 모여서 파티 어때요?
!

…해서 크리스마스 때 저희 집에서 파티하기로 했어요.
뭐…. 크리스마스는 어쩔 수 없지.
나도 약속이 있어서 늦게 들어올 거야.
팡
팡
어디 가는데요?
주섬
주섬
나도 친구들이랑 밤새워 놀기로 해서.
어쨌든 너무 과식하진 말고 적당히…. 알았지?
넷!
다음날 아침.
으…. 머리야….
깨작
깨작

…운동은 내일부터 하자….
네….
뼈다귀 해장국
24시 영업합
하지만, 끝없이 이어지는 모임.
이 녀석 잘 왔다.
빨리 와서 수건 정리해.
큰헬스장 송년의 밤 EVENT
연말 모임!
새해 모임!
그냥 모임!
그리고 추위.
너무 추운 날엔 걷기운동은 쉬어.
감기라도 걸리면 큰일이니까.
예!!
하지 말라는 건 정말 잘 지킨다.
한번 해이해지기 시작한 생활패턴은 걷잡을 틈도 없이 무너져 갔다.
12月
OXX
XOXOXXX
XOXXXOX
XOXOXOX
XXOXXOX
12월은 10번밖에 걷지 않았다.

그리고 설날.
오늘까지 망할 순 없어…!
좋아! 나물 반찬 위주로 먹는 거다!
나물 반찬!
응? 우리 딸 지금 뭐라고 했니?
나…. 나물….
납….
나물….
나물도 먹고, 산적도 먹고, 동그랑땡도 먹고, 부침개도 먹고,
떡국도 먹고, 만두도 먹고, 갈비찜도 먹고, 잡채도 먹고,
불고기도 먹고, 먹고, 먹고, 먹고….
으흐흐
젠장
수지는 마치 개미지옥에라도 빠진 것처럼 연말과 정초라는 굴레에서 벗어나질 못했다.
꿀렁 꿀렁
틈날 때마다 열심히 운동하긴 했지만 먹는 양이 더 많은 게 문제였다.
열심히 했는데 왜 안 빠졌을까? 가 아니다.
74.0
열심히 했기 때문에 그나마 이 정도에서 멈춘 것이다.

…먹은 것에 비하면 체중은 비슷한데 왜 살찐 느낌이 들지?
체중은 소용없어.
내일 인바디 잴 거야.
쩝 쩝
설날 음식 처리반
역시 체중이 문제가 아니었어….
체지방이 문제였어…!
차라리 잘 됐다.
살 찐 걸 눈으로 확인했으니.
뚝
뚝
뚝
많이 먹어도 체중이 그대로라는 건 아무 의미도 없는 거야.
니 몸속의 체지방이 몇%인가가 중요하다고!
선생님도 한번 재봐요.
시, 싫어!
찬희도 2kg 찜.
한편 부장은….
의외로 꾸준히 운동을 계속하며 건강을 지켜가고 있었다.
SPO

그랬다….
수지와는 달리 부장의 모임은 많지 않았던 것이다.
여보, 왜 친구 분은 안 오셨죠?
부부동반이라 오기가 좀 그랬나 봐….
기쁘고도 슬픈 복잡한 심정….
덕분에 허리띠는 두 칸이나 줄었다.
이랬던 내장이….
이렇게 된 거다.
아 하 하 하
아이고 이놈아! 살이 왜 이렇게 쪽 빠졌어, 응?
뭘 또 이렇게 사왔다니.
SPOM
일단 밥부터 먹어라, 먹어.
부모 눈에 보이는 부장.
하 하 하
예 예
먹어.
먹어.
먹어.
잘 왔다. 마침 좋은 소식이 있거든.
?

온 김에 선 보고 가라.
선 자리 좋은데 알아놨어. 내일 12시 매운탕 가게.
예?!
이렇게 갑자기….
선???
이놈! 너 지금 몇 살이냐?
결혼 안 할 거야?!
딱
아… 아직은 일이 너무 바빠서.
시간도 별로 없고….
잔말 말고 한번 보라니까.
보면 마음에 들 거야.
너랑 나이도 비슷하고 아주 곱다니까.
직업은 헤어 디자이너래.
쑥스러우니까 밥이나 먹고 돌아가야지.
빨간 매운탕
23,000 35,000
주류
소주 3,000
맥주 3,000
막걸리 3,000
음료수 1,000
취미가 뭐예요?
예? 취미요?
(예전엔 도넛가게 포인트 모으기였지만, 지금은)
…
운동입니다.
아하!
먹는 건 싫어하세요?
네?

저는
맛집 투어가
취미예요!
맛집 블로그
포스팅도
하구요.
예?
아…
예….
저도 원래
먹는 거
좋아하지만….
다이어트
때문에
많이는
못 먹습니다….
네?
다이어트요?
왜요?
제 주변
사람들은
전부
다이어트
한다고
안 먹던데요….
부장님
혼자
드세요.
에이~.
건강하면 되죠!
어차피
짧은 인생
먹는 재미
아니겠어요?
듬뿍
듬뿍
이 집 매운탕 아직
안 드셔 보셨죠?
짭짤한 거
좋아하신다 들어서
일부러 여기로
약속 잡은 건데….
탁
여기 매운탕 진짜
이거예요, 이거!!
네….
헤어
디자이너
라서
그런가
징말
붙임성이
좋네….
편안해….
후룩

우아아
오랜만에 느끼는
매콤하고도
얼큰한 맛!!!!
허비 허비
냠냠
달그락..
정말
맛있네요…!
최고예요.
후식으로
아이스크림
어떠세요?
아, 아이스
크림이요?
이 근처에
아이스크림
카페가 있거든요!
좋죠?
얼른 가요,
얼른요!
뭐, 뭐지
이 여자?!
짠맛과 단맛의
균형을 생각하는 게
꼭 나 같은데…??
ㅋ ㅋ ㅋ ㅋ ㅋ ㅋ ㅋ ㅋ ㅋ ㅋ ㅋ ㅋ ㅋ ㅋ ㅋ

맛있다!
챱 챱 챱
즐거워!
냠 냠
냠
행복해!
벌렁
뿌아아아—ㅇ
명절 연휴 마지막 날.
벨트가 한 칸 늘었지만
그건 사소한 문제였다.
사실 몸이 꼭
좋아야 할 필요는
없지 않나?
내가
헬스 트레이너
될 것도 아닌데….
맛있는 것도
먹고 적당히
운동하면
안 되나…?

꼭 날씬해야만 건강해지는 거야?
조금 뚱뚱해도 건강하게 살 수 있는 거잖아?
빵 빵-
서울역
빵-
그렇다. 사실 이것은 가치관의 차이다.
그래도 되도록 계단을 이용.
우르르
날씬한 게 더 즐거운 사람은 날씬하게 사는 삶을,
먹는 게 더 즐거운 사람은 맛있게 먹는 삶을 택하면 된다.
건강을 해치지 않는 선에서.
역시 나는 먹는 게 너무 좋아.
세상에 이렇게 맛있는 게 많은데 이걸 다 참고 포기하며 살라니…?
BENNIGAN'S
HOF
BBC
나이가 들면 이가 약해져서 씹고, 뜯고, 맛보고, 즐기지 못할 수도 있는데….
인생을 정말 즐겁게 산다는 건 뭘까….

정신 차리시죠!
아직도 회원님은
비만이에요!
이때까지 PT는
뭐하러 받은
겁니까?!
갈 길이
멀단
말입니다!
짝
부장 PT노트
끄흐흐…
라고 할 줄 알았던
네온비 관장도….
…사실
모든 사람이
몸짱이 될
필요는 없죠.
!
너무 마른 것보단
약간 과체중인 경우가
더 건강할 수 있다는
연구결과도 있고요.
솔직히
닭가슴살만
먹고 어찌
삽니까?
저도 가끔
컵라면
먹습니다.
네?
물론 회원님은
아직 비만인 거
아시죠?
건강을 위해선
지금보단 더
감량하셔야
됩니다.
건강
비만
몸짱
부장의 현 위치
윽….
몸짱은
안 되더라도
….
아주 잘 먹고
꾸준히
운동하면,
건강한 퉁퉁맨이
되실 수 있습니다.
네….
하하하.
화이팅
하세요.

통통맨…?
어,어쨌든
잘 먹고도 건강하게
살 수 있다는 거
아닌가!
그럼 됐어!
건강!!
몸짱보단
건강이다!!
꼭 몸짱이
되겠다는 강박에서
벗어나자!!!
먹고 운동하면
되는 거지!!
하하, 홀가분해!
하하하하하하…
부웅
헤어 박람회
때문에 서울에
왔어요. 저녁에
훈제 오리구이
어때요?
오!
인생의 노선을 조금
바꾸기로 마음먹은 부장.
톡
톡
좋아요! 운동 끝나고 만
납시다!
톡
톡
톡
전송
자자,
이제 운동할
시간이에요.
아,
네네.
이것만
보내구요.
…
하지만 수지는 꾸준히
다이어터의 길을 간다.
집중해.
집중!
넷!

수지는 현재
상체 근력운동
+복부운동 / 유산소,
CARAMEL DUMBELL 5
하체 근력 운동
+복부운동
/ 유산소,
컨디셔닝
운동을
하루하루
번갈아서
한다.
몸이 아프면
푹 쉬고 다시
좋은 컨디션을
유지했다.
이젠
유산소 운동의
방법에도
변화를 주기로
마음먹은 찬희.
수지의 발목에
무리가 갈까 봐
지금까지
빨리 걷기만
했을 뿐,
제대로
달려본 적이
없었다.

1. 운동장을 달려보자

대한민국 어디라도 학교가 있고, 운동장이 있습니다. 운동장이 없는 곳에 사는 독자도 있겠지만 그런 곳은 드물 겁니다. 뛸 곳이 있다면 헬스장에서 벗어나 야외에서 달려보면 어떨까요? 아무리 좋은 헬스클럽이라도 야외만큼 공기가 좋지는 않습니다. 또 러닝머신을 움직이는 데에는 형광등 40개를 켜는 전기가 든다고 합니다. 소중한 환경과 지구 온난화를 생각하면 불합리하다는 생각이 들지 않나요? (참고로 헬스 사이클은 전기를 거의 소모하지 않습니다.)

헬스장에서 운동을 열심히 하고 있다면, 보통 운동 시간의 50~70%는 러닝머신에 할애할 겁니다. 러닝머신은 그다지 재미가 없고, 단점도 있습니다. 바닥이 스스로 움직이다 보니 운동장에서 달리기보다 운동량이 떨어집니다. 같은 속도라면 러닝머신에서 달리는 것보다 운동장에서 달리는 편이 훨씬 힘들다는 뜻입니다. 또 러닝머신에서 달리는 것과 운동장을 달리는 감각은 아주 다르며, 사용하는 근육도 미묘하게 다릅니다. 러닝머신에서 아무리 빨리 달릴 수 있는 사람도, 막상 실제로 달려보면 생각만큼 빠르지 않을 수 있다는 것이죠. 물론 러닝머신이 너무 좋아서 죽을 때까지 그것만 하겠다는 분도 있을 겁니다. 그렇지만 숲을 걷다가 갑자기 나타난 흉포한 곰을 만난다고 생각해봅시다. 곰은 먹잇감의 숨통도 제대로 끊지 않고 산 채로 먹는 무서운 맹수입니다. 그럴 때를 위해서 이왕이면 조금이라도 더 빠르게 단련해 보는 편이 좋지 않을까요?

처음에는 자신에게 적절한 속도를 알아봅니다. 5분 정도 뛴 후 약간 숨이 차는 정도가 적절한 속도이고, 이 속도로 20~30분 정도 뛰는 게 좋습니다. 뛰기 전에는 충분한 워밍업, 스트레칭을 해주고요. 익숙해짐에 따라 속도와 시간을 늘리는 등 다양한 변주가 가능합니다. 대표적으로는 인터벌 트레이닝이 있습니다. 〈다이어터〉 2권 243쪽에 소개되었으니 참고를 하셔도 좋습니다.

2. 러닝머신과 사이클의 다양한 기능을 활용해보자

헬스장에 가는 독자라면 러닝머신이나 사이클을 애용하고 있을 겁니다. 헬스장에 있는 운동기구는 가정용보다 월등히 비쌉니다. 가정용 기구는 하루에 1~2시간 정도 사용될 뿐이지만, 전문 운동기구는 온종일 거칠게 사용되니, 그만큼 튼튼한 기구를 쓰는 것이지요. 그런데 헬스장의 전문 운동기구는 비싼 만큼 다양한 기능을 갖추었다는 것을 아시나요?

'운동장을 달려보자'에서 말한 대로 러닝머신은 운동장을 직접 뛰는 것보다 운동 효과가 덜 합니다. 그래서 헬스 기구 제조사들은 이런 고민을 합니다.

"밖에서 뛰는 것 같은 느낌이 들면 덜 지루할 텐데."
"어떻게 하면 운동 효과를 높일 수 있을까?"
"얼마나 운동했는지 정확하게 알면 좋겠지?"

러닝머신이나 사이클을 시동할 때 잘 보면, 몸무게나 나이를 입력할 수 있습니다.
이때 정확한 몸무게를 넣으면 상당히 정확한 운동량을 산출해 줍니다. 몸무게를 입력하지 않으면 평균 열량 소모량으로 계산하니 정확하지 않습니다. 식단 · 운동일기 쓰기에 재미가 붙었다면 한번 이용을 해보세요.

뿐만 아니라 운동 강도를 알아서 바꿔주는 기능도 있습니다.
신체는 같은 강도의 운동에 쉽게 적응합니다. 똑같은 운동을 반복하지 말고, 다양한 시도를 해보라고 권하는 것은 이 때문입니다. '인터벌 트레이닝'은 이러한 원리를 이용한 것입니다. 여러분이 마라톤을 한다고 생각해보세요. 완만한 구간도 있을 것이고, 언덕도 있을 겁니다. 어떤 구간에서는 다른 선수를 추월하기 위해 속도를 내야 할 때도 있을 겁니다.
이런 복잡한 환경에 반응하면서, 심폐지구력과 근력뿐 아니라 순발력, 협응력이 높아집니다. 평소에는 단련되지 않는 하체 근육을 더 쓰기도 하고요.

고급 러닝머신은 이러한 환경을 유사하게 재현합니다. 이를 보통 프로그래밍 기능이라고 합니다.
한 번 설정을 하면, 다른 스위치를 누르지 않고도 속도 조절과 높낮이 조절이 자동으로 되는 것입니다. 어떤 프로그램은 오르막과 내리막이 반복되고, 또 어떤 프로그램은 가파른 언덕을 끝없이 올라가기도 합니다. 또 지방 연소에 특화된 루틴을 반복하기도 하고요. 아무런 조작 없이 러닝머신을 뛰는 것보다 힘들지만, 더 집중이 잘 되고 운동 효과도 높습니다.

트레이너의 코칭을 관찰하면, 러닝머신이나 사이클의 속도를 계속 바꾸는 모습을 보실 겁니다.
그러는 이유는 간단합니다. 그것이 운동 효과가 더 크기 때문이지요. 러닝머신의 프로그래밍 기능은 유산소에 관한 한 트레이너 코칭보다 더 효율적인 운동이 가능하게 합니다.

기계를 조작하는 일이라 처음에는 익숙하지 않겠지만, 10분 정도 조작을 해보면 기능을 파악할 수 있습니다. 이왕 비싼 돈 주고 헬스장에 다닌다면 기계 하나하나까지 다 뽕을 뽑고 오자고요.

트레드 밀.
제자리에서 걷거나 달릴 수 있도록 만든 신기한 기계다.
우리나라에선 흔히 러닝머신이라 통한다.
일반적인 야외 달리기보다 운동 효과가 떨어진다는 단점이 있지만
그에 못지않게 장점도 많다.
흐아아
우선 날씨와 계절에 상관없이 운동할 수 있고
잔돌을 밟고 자빠질 위험도 없으며
흐아아
일반 달리기보다 관절의 부담이 적다.
신수지.
오늘부터는 속보가 아니라 달리기를 할 거야.
다….
달리기요?
헉
헉
헉
헉
느릿
느릿
핑글
수지야. 넌 그냥 쉬는 게 좋겠다.
괜찮아?

그 뒤로 수지는 달리기가 들어간 체육 시간엔 언제나 쉬었다.
우르르
대학교 때도.
BUS
뛰는 거 젤 싫어~.
부릉 부릉
회사 다닐 때도.
뛰는 거 너무 싫어~.
헐떡 헐떡
<달리는 것>은 수지에게 자동으로 <어지러움>, <숨참>, <메스꺼움>을 떠올리게 하는 것이다.
뛸 수 없을 거예요. 그냥 빨리 걷기만….
전 못해요….
지금은 체력도 좋아졌고, 체중도 가벼워졌으니 발목에 무리가 가진 않을 거야.
지금의 넌 충분히 뛸 수 있어!
꼭… 뛰어야 좋은 건가요?
'유지'가 아니라 '감량'을 위해서 한번 뛰어 보자고.
속보가 나쁘다는 게 아니야. 운동의 강도를 서서히 올리려는 거지.
올리는 중.
7.2
Speed
삐삐삐
처음엔 5로 걷기도 힘들었지만 지금은 6.8도 가볍게 걷잖아.
시작!
헉 헉 웡~ 웡~ 철썩 웡~ 철썩 헉 헉
아, 따거!

쿵짝
타다다닥 타닥 탁
6.5→ 8로
속도를 올렸다.
쿵짝
시간만 계속 쳐다보면 더 안 간다!
으윽…!
앞으로! 앞으로!
손잡이는 뜨거운 냄비라고 생각해!
치이익
앗…!
호흡은 후! 후!
하! 하!
헬스장에서 흘러나오는 빠른 템포의 음악!!
네가 신나게 운동하기 위해서다.
쿵짝
쿵짝
쿵짝
음악에 맞춰서 쿵.짝.쿵.짝 한 발 한 발 내딛는 거야.
선생님, 더 이상은 무리예요~.
좋아.
삐삣
절대로 못 뛰겠다더니 1분이 넘게 뛰었잖아.
….
1분 정도 라면….
1분은 뛸 수 있겠어요.
잘했어!
오늘은 30분 유산소. 30분을 5분씩 나눈다.
방금 한 것처럼 1분은 뛰고, 4분은 걷는다.
뛰기
걷기
×6
이것을 6번 반복하면 오늘 운동은 끝이야.

살을 빼려면 뛰어야 한다.
VS
걷는 걸로 충분하다.
운동을 시작한 사람들이 항상 고민하는 문제다.
물론 꾸준히 걷기도 감량 효과가 있으며,
체력 수준에 따라 걸을 것인지 뛸 것인지를 결정하면 된다.
웅
웅웅
찬희가 수지에게 달리기를 시키려는 이유 중 하나는
심폐지구력을 키우는 데 효과적이기 때문이다.
폐와 심장이 튼튼해질수록 우리 몸은 더 많은 산소를 사용할 수 있다.
이는 마치 자동차의 엔진이 바뀐 것과 같다.
더 많은 산소는 더 힘든 운동도 가능하게 만든다.
그만큼 연료도 더 먹는다.
엔진을 업그레이드 할수록 기름을 펑펑 쓰는 자동차가 되는 것이다.
쿵
짝
쿵
짝

초보자에게
무조건 갑자기
뛰라고 하면
당연히
될 수 없지….
뛰세요!
뛰세요!
의지로
뛰세요!
자신과의
싸움에서
이기세요!
흐엉
흐엉
우우웩
몸이 적응
할 수 있게
천천히
늘려나가야
한다.
시간도,
속도도…!
무리한 달리기는 오히려 운동을
하기 싫은 것으로 만들어 버린다.
소닉~
소닉♫
바람돌이
소닉♪
으악!
쨍그랑
다음날, 근력 운동 후.
유산소 30분.
오늘은 2분 뛰고
3분 걷기야.
네.
3분짜리
10곡의 음악.
이건 마치
총알 같아.
뛰기 좋은
빠른 템포의
음악들도
넣어왔다.
가득 장전된
최고의
총알 10개.
DANCE – 3:00
이걸로
30분 따위
금방
해치우는
거다!
탕
탕
탕
탕
탕
탕

해치우자,
30분!
웡 웡
웡 웡
웡 웡
서찬희.
오늘 GX 수업
끝날 때쯤
들어와 봐.
왜요?
뒷정리는
관장님이
하세요.
알았습니다.
G·X
수고하셨
습니다!
짝 짝
짝 짝
벌써 다
씻은 거야?
아, 네….
그런데
여기 서서
뭐하세요?
집에
안 가요?
관장 놈이
수업 끝나고
들어오라
해서….
그러죠 뭐.
어차피 집에
같이 가야
하니까.
너도
들어올래?
아, 저
운동화
끈 좀
매고요.
그래. 먼저
들어간다.

…회원분들도 아시다시피, 저희 큰 헬스장의 회원이 많이 늘었어요.
특히 오후, 저녁반 회원분들이 많이 느셨고요.
맞아요 맞아
스윽
그래서 새 트레이너를 영입하기로 했습니다.
꼼지락
꼼지락
저….
?
이쪽이 GX룸 인가요?
아….
예, 예.

앞으로 기구사용이나 기타 궁금한 사항은….
저기 서찬희 트레이너에게 문의하시길 바랍니다.
으, 응?!!
?????
여러분, 앞으로 서찬희 코치가 GX 수업도 진행할 겁니다.
짝
짝
짝
짝
호호
축하해요 축하해
열성적이긴 했지
무… 무슨 소리세요. 갑자기!
노망이 나셨나?!
내가 전에도 GX강사 맡길 거라고 했잖아. 말 그대로야.

그, 그럼 월급도 주나요?
물론. 개인 PT 들어오면 시간도 잘 조절해서 해봐.
하지만, 빚은 월급에서 조금씩 공제할 거야.
…….
…….
씰룩 씰룩
어…. 저….
앞으로 열심히 할 테니….
저만 믿으시고….
이 순간을 신수지가 봐야 하는데…! 안 들어오고 뭐하는 거지?
아, 그리고….
저기 왔군. 한 명 더 소개하겠습니다.
?
끼익
저녁 타임 또 한 분.

저스틴 리 트레이너 입니다.
마찬가지로 GX 수업을 진행하실 분이에요.
?!
안녕하세요. 회원님들! 저스틴 리 라고 합니다.
앞으로 잘 부탁 드립니다!
오오오ー
....
아주 미남 코치님이 오셨네!
하하하
반가워요

꺄!
늦겠다! 늦겠어…!
….
일찍 일어났으면 좀 깨워 주시지….
타타탓
웬일로 일찍 일어났네요?
어….
우적 우적
축하해요. 정식 트레이너 된 거!
이제 식사도 거의 따로 해야 겠네요.
잘 챙겨 먹으면서 식단일기 쓸게요.
어….
이제 점점 날이 따뜻해지니 헬스장이 북적 거리겠어요.
새로 온 저스틴 선생님도 멋있고….
….
스윽
와르륵

지금 이렇게 노닥거릴 시간 있어?
빨리 가! 빨리 회사나 가!
북적 북적
….
네, 네….
….
신수지 이 자식…. 아무한테나 선생님이라고 불러?
멍청한 녀석 같으니…!
저스틴 코치 키도 크고 모델 같네.
수군 수군
세련된 느낌이죠?
OFFICE
수군
맞아요, 맞아.
PT 한번 받아봐?
관장님, 밖이 좀 시끄러운데요?
수군
신경 쓰지 마.
수군 수군 수군
자, 이쪽은 서찬희 코치.
이쪽은 저스틴 리 코치.
나이는 동갑 입니다.

프로그램은 각자
자유롭게 짜고,
월, 수, 금은 이 코치가,
화, 목은
찬희. 다음 주부터
가는 걸로….
제가 왜
하루 적죠?
차별
아닙니까?
그야 이 코치가
경력이 더
풍부하니까.
GX뿐만 아니라
PT 경험도 훨씬
많은 친구야.
여기 오기 전에는
강남에서 모델,
연예인 지망생들
전문 트레이너였어.
스포츠
관련 자격증도
갖고 있고.
찬희 너도 잘
모르는 부분은
이 코치한테 많이
물어보도록 해.
….
저도 다 압니다.
개인 PT랑
똑같이 하면
되잖아요.
하하,
아니죠.
찬희 씨.
개인 PT와
단체 GX는
달라요.
PT는 심도 있고
디테일하게
접근할 수 있지만
GX는 회원님들의
반응을 보고 흐름을
잡아서 포괄적으로
진행해야 합니다.
물론 재미있게
하는 것도
중요하고요.

그래.
맞는 말이야.
역시.
….
찬희 씨.
모르는 게 있으면 언제든 편하게 물어봐요.
아뇨.
관장님한테 물어보면 됩니다.
그리고 찬희 씨가 아니라 서 코치예요.
쿠
쿠
쿠
쿠
쿠
참, 찬희야.
이 코치한테 탈의실 빨래 정리하는 법 좀 알려 드려.
퍽
퍽
퍽
퍽
튀어나온 빨래는 이렇게 눌러 줘야해.
이렇게! 이렇게!
퍽
퍽
퍽
…
찬희 씨.
당신 사이비지?

팍
뭐.
하고 싶은 말이 뭐야?
말해.
풋… 개나 소나 트레이너라고.
당신, 제대로 배운 트레이너 아니죠?
딱 그런 느낌이 나.
대충 헬스장에 인맥 있으니까, 트레이너 흉내나 내고.
당신 같은 사람 때문에 나 같은 진짜 트레이너까지 대충 몸 키워서 영업하는 머리 나쁜 사람들로 본다니까.
자격증은 뭐, 뭐 있어요? 최소한 3급 퍼스널 트레이너 자격증 하나 정도는 있겠죠?
그것도 없어요?
하긴….
나랑 그쪽이 같은 레벨은 아니니까.
…나한테 월급을 많이 줘야 하니까, 다른 트레이너는 그냥 싼값에 아무나 쓰는 건가?
울먹
어.
?

그래.
그래.
네 말
다 맞아!
?!!
평소 네온비의 갈굼에
단련된 강철 심장 찬희.
난 빨래정리
자격증
1급이야 인마.
ㅋㅋㅋㅋㅋ
데미지
없음.
잠깐!
쑤욱
후후. 이 시계
어때요?
예전에 나 좋아하던
PT 회원이
생일 선물로
해준 시곈데.
이게
얼마짜린지
알아요?
부럽죠?
나도 집에
시계 많아.
무거워서
안 가지고
다니는 거지.
이 옷은
얼만지 알아?
상상도
못할 거다.
펄럭
펄럭
그래? 그거 비싸?
한 만 원 하나?
거지생활을 오래 해
사치품에 별로
자극받지 않는 찬희
나는 옷도,
신발도,
먹을 것도
회원이
다 사준다네!
카하하
하하하
!!!

SMASH!
철썩
철썩
철썩
이 녀석이 회원 등쳐먹고 있네!
아!
그딴 걸 자랑이라고 !!!!
아, 왜 나만 혼내요! 쟤도 등쳐먹었는데!
뭐라고요? 정말입니까?
아뇨, 관장님. 전 그럴 사람이 못됩니다.
아오!! 당연히 아니라고 하지! 사람 볼 줄 모르시네!!!
큰헬스장
큰헬스장
그렇지. 그러니까 너를 아직까지 보고 있지.
ㅋㅋㅋ
ㅋㅋㅋ
띵동
92
안녕 하세요. 오늘도 적금 넣으러 오셨죠?
네….
그리고 통장도 다 써서….
스윽
참 알뜰 하세요.
학생 때 이렇게 꼬박꼬박 저축하기도 힘들 텐데.
적립식
새빛 은행
특별우대금
6.8%
벌써 250만 원이 넘었네요.

새 통장으로 이월해 드리고 2만 원도 같이 넣어 드릴게요.
….
잠시만 기다려 주세요.
6개월 전.
다 됐습니다.
3개월 전.
다 됐습니다.
지금.
다 됐습니다.
저….
저기 ….
학생 우대 자유적금
네?
새빛은행
5.4%
어떻게 살을 빼고 계시나요?

아, 아직 한참 빼야 되는데요, 뭐.
그리고 최근엔 좀 쪘는데…
ㅎㅎㅎ
뛰었더니 빠진 게 벌써 티 나나?!
몇 kg이나 빼신 거예요?
6개월 동안 18kg 정도….
우와~ 대박. 어떻게 뺐어요?
운동이랑 식이 조절로 빼고 있어요.
운동 어떤 거 하는데요?
헬스요.
한 정거장 지나서 사거리의 큰 헬스장….
헬스?
헬스…. 어디 다녀요?
거기 시설 좋아요? 가격은….
네, 저기….
고객님들께서 기다리셔서….
아.
긴 얘기는 힘들겠어요.
죄송합니다…. 시간을 많이 뺏었네요.
…손이 저려요?
네? 아, 네.
주물…
피가 좀 안 통해서 그런가?
괜찮아요, 항상 이러니까.
하하

손발도 자주 저리고 …
오래 서 있으면 다리가 시리고 …
저기, 잠시만요.
…?
괜찮다면 조금만….
….
조금만 기다려 줄래요?
한편, 찬희는….
저스틴을 떠올리며 진지하게 GX 수업 계획을 짜보고 있었다.
ㅋ ㅋ ㅋ ㅋ ㅋ ㅋ
흥. 누가 얕보일 줄 알고…!
흡족
….
관장님께 검사 받아야지.
관장님!
어-, 그래. 회원 등쳐먹는 찬희 왔구나.
수업 계획 좀 세워 봤는데 봐 주세요.

어디 보자….
PT체조랑,
복부, 스트레칭….
음, 음.
괜찮군.
이녀석, 고민
많이 했구나.
고민은요 무슨,
대충 짜본 거예요.
그냥 슥슥.
우쭐
우쭐
관장님!
불쑥
어제
구매하신
헬스음악
100선 CD
어디에
두셨어요?
아, 집에
깜빡하고
두고 왔네!
아…
제가 갔다
올까요?
아뇨, 괜찮아요.
뭐하러 일부러
수고해.
내일 틀면
되지, 뭐.
그래도…
가까우니까
금방 다녀
오겠습니다.
찬희가
느끼는
심리적
거리.
…집??
집까지
들락날락
한다…?
왜 이렇게
친해??

네온비
관장의 집
사각
사각
왜 왔냐?
허! 어쩐지 직감이 이상하더라니!! 내 이럴 줄 알았지!
관장님 설마 재랑 살아요?
뭐? 이 녀석! 재라니?
안녕하세요, 서 코치님?
서 코치 좋아하네. 꺼져.
잠깐 같이 살게 됐다. 예의 바르고 성실한 사람이야.
아니, 재랑 왜 살아요 진짜!
꽥
꽥
관장님이 몰라서 그렇지. 저 새끼 성격 이상해요.
이 코치가 근방에 괜찮은 집을 빨리 구하기가 쉽지 않아서, 잠깐 월세 받으며 방 하나 빌려준 것뿐이야.
어렵게 섭외해 온 좋은 트레이너한테 왜 자꾸 삐딱하게 굴어?
신경 쓰지 말아요.
네.

….
관장님 진짜 너무 하시네요. 저는 옛날에 막 꼴 보기 싫다고 내쫓아놓고….
그런 서운한 소리 마라, 찬희야.
지금도 얼마든지 내쫓을 수 있단다.
저스틴이랑 저랑 뭐가 다른데요?!
쟨 돈 냈고 넌 안 냈어.
그리고 넌 청소, 빨래도 안 하고 보충제나 훔쳐먹고 헬스장 돈통 사기도 쳤잖아. 더 말해줘?
….
….
찬희는 차마 반박할 말이 없어서 슬펐다.
식사 다 차렸습니다, 관장님.
….
모락 모락
…밥은 먹었니?
Brave Man

아….
아니오….
그럼 어서
집에 가서
먹어.
잘 가라.
Brave Man
와앙
터벅
터벅
TAXI
부웅-
와앙
와앙
덜컹
덜컹
덜컹
앗?
어? 저녁
차리고
있었네?
2인분….
올지, 안 올지도
모르는 날 위해 ….
신수지….

?
?
…
누구야.
아…. 오늘 친해진 학생이요.
왜 나한테 물어보지도 않고 막 불러?!!
여기 제 집인데요.
그리고 헬스장은….
벌떡
곧 갈 거야.
하여간 내 주위 사람들은 전부 조심성이 없어.
세상 무서운 줄 모른다니까!
털썩
아무 사람이나 집에서 같이 살지를 않나!!
?
…그렇게 자기비하 안 하셔도.
뭐.
내 얘기 아냐!

날 가르쳐주시는
트레이너 선생님이야.
사정상 잠깐 얹혀
살고 있어….
우적
우적
네에….
근데 매일
샐러드,
닭가슴살,
고구마만
먹나요?
오늘처럼
이렇게 먹을 때도
있고….
음….
꼭 그렇게
안 먹어도
돼.
일반식으로
먹어도 비율만
잘 맞춰 먹으면
그게 다이어트야.
약간 간이
돼 있다고 해서
몸에 크게
영향을 끼치는 건
아니니까.
어차피
현미밥이나
과일이나
고구마나 전부
탄수화물이고.
닭가슴살이나
장조림 살코기나
다 단백질이야.
샐러드 대신
시금치를 먹어도
되고.
꼭 닭가슴살이나 토마토만
먹지 않아도 된다고요…?
그럼 밥 대신
과일만 먹는 것도 안 좋나요?
그렇게 다이어트 한 적 있는데.
밥을 먹으나 과일을 먹으나
결국 탄수화물을 먹는 거잖아.
한 가지
영양소로만
끼니를
때웠으니
될 리가
있겠어.
결국
실패했지?
네…….

고마워요.
언니.
모르는 거
있으면 또
물어볼게요.
꾸벅
즐거웠어.
조심해서
잘 가~.
이제 운동도
시작하겠대요.
콩…
식단일기도
꼬박꼬박
쓰고….
왜 모르는 애를
그렇게까지
신경 쓰냐?
이해가
안 되네.
옛날의
저 같아서요.
잘못된 방법을
너무 많이 알고
빨리 빼려고
했던 게….
제가 겪었던
시행착오를
조금이라도 덜
겪었으면 좋겠어요.
좋은 다이어트
친구가 될 수
있을 것 같다는
생각이 들어요.
고등학교 2학년
송참새 학생.
이 여학생은
하루 빨리
수지의 헬스장에
등록하기로
결심했다.

며칠 후,
참새네 집
정말 돼지도
이런 돼지가 없네.
난 내가
너무 싫다.
예뻐지고 싶다.
아니… 보통만
돼도 좋겠다.
아무거나 걸쳐도
잘 어울리는
사람이 되고 싶어.
피부가
나쁘면
몸매라도
좋든가.
몸매가
나쁘면
피부라도
좋든가.
어쩜 이렇게
예쁜 구석이
하나도 없지?
안 좋은 건
왜 내가
다 갖고
있냐고….
난 이대로
이렇게
뚱뚱한
대학생이
되는 건가?

학생은 학생 나름의 아름다움이 있어요.
그러니까 화장 진하게 할 필요가 없단 얘기죠.
선생님….
그럼 저랑 바꿔 주실 수 있으세요?
아니잖아요.
절대로 안 바꿀 거잖아요….
참새야. 밥 먹자.
518
뚱뚱한 엄마.
맛있지?
김치 새로 꺼냈어.
뚱뚱한 나.

뚱뚱한 우리 가족.
우리 엄마는 항상 이만큼씩 밥을 담는다.
나는 다른 집들도 다 이렇게 먹는 줄 알았다.
그리고 항상 장을 볼 때마다 빵을 사오신다.
맛있고 맛나다
크림단팥빵
6개입
딱히 맛있진 않지만 있으면 먹게 되는 빵을.
냠 냠 냠
그렇게 먹은 빵이 바로 나다.
내가 먹는 것이 곧 내가 되는 거다.
…라고 찬희 선생님이 말해줬지.
이대론 안 된다….
뭔가 달라져야 한다….
이렇게 뚱뚱한 상태로 평생은 못 살아.

쭈뼛쭈뼛
나 이제부터 저녁에 헬스….
휴. 이번 달 월급은 못 받을지도 몰라.
그, 그럼 생활비는 어떡해?
다음 달에 받을 것 같으니까 일단 마이너스 통장으로 버텨봐야지….
근데 우리 딸 방금 뭐라고 했니?
아, 아니….
뭐야? 뭔데? 말해!
엄마 궁금한 거 못 참아!
당신도 참.
…나 이제 학교 갔다 오면 저녁에 헬스 다니고 싶은데….
헬스 좀 등록해주면 안 돼…?
왜? 우리 참새 예쁜데!
뺄 데가 어딨다고!
오늘은 길에서 너보다 뚱뚱한 애도 봤다. 정말이야.
절레절레
이런 말은 전혀 도움이 안된다.
그래, 돈은 얼마나 드는데?

6개월에
36만 원….
이렇게 끊으면 저렴하다고…
비싸네…. 안 되겠다.
그냥 저기 운동장 돌아.
줄넘기도 하고….
넌 지금 아빠
말 듣고도
헬스장 다니겠단
말이 나오니?
어흠….
엄마….
확실히 타이밍은
좋지 않았다.
여태까지 네가
이것만 사주면
살 빠진다고 한 거
다 해줬잖아.
다이어트
한약이랑!
몸에 바르는
뜨거운 젤?
그거랑!
입기만 해도
살 빠진다고 했던
운동복이랑!
등록금도 비싼데
공부만 열심히 해.
살은 대학 가면
다 빠져.
대학 가도
안 빠져 엄마~!
마지막으로 이번
한번만 도와줘, 제발….
거…. 우리 딸이
하고 싶다는데
좀 해주지.
너 정말
뺄 수 있어?
엄마랑
약속할 수
있어?

응, 이번엔 진짜로 뺄 수 있어….
진짜….
열심히 해볼게….
정말로….
….
…알았어. 그럼 딱 6개월만 등록해줄 테니까….
한번 시작해봐.
참새가 10년 가까이 저축한 돈이 250만 원이 넘는데도, 그 돈을 쓰지 못하는 이유는…
성형수술을 위해 사고 싶은 것도 참고
엄마, 아빠 몰래 모으는 돈이기 때문이었다.
빵긋
빵긋
빵긋
대학 가기 전까지는 꼭 살을 다 빼야지….
살을 빼야 수술을 할 수 있을 테니까…!

예뻐지고 싶은
참새의 소망은
그만큼이나
간절했다.
Home Mart
언제나 어디서나 Home Mart
행사상품!
추가증정!
과자 4종 2+1
쌀/곡물
30%
2000원
좋은 상품 1+
우리 참새가
운동을
한다고….
그럼 먹는 것도
신경 써줘야
할 텐데….
양상추
친환경
양상추
3980
오렌지 1개당
1990원
골드키위 4EA
9800원
파프리카 1ea
2500
비싸네,
비싸.
샐러드
만들려면
하나만으론
안 되잖아?
대충
3종류만
사도
만 원은
넘겠어
….
만 원….
그 돈이면
차라리….
특가판매
Fresh, Sweet
50%
SALE
2천원
2+1
7일간
이 가격!
라면 기획전
4+1

…..
평소보다 조금 더 고민했지만
결국은 사던 걸 사게 된다.
참새 엄마도 잘 안다.
이런 음식들이 몸에 좋을 리 없다는 걸.
하지만 한정된 식비로 장을 보려면 어쩔 수 없다.
미래의 건강을 위한 신선한 채소와 살코기는 비싸고, 빨리 상해 버리지만….
당장 한 끼를 때울 수 있는 빵과 라면은 저렴하니까.
건강에 좋은 음식이 무엇인지 알고는 있지만
참새 엄마는 그걸 담기가 어렵다.

3. 공복 운동 시 주의할 점

수지는 체지방을 많이 감소시키기 위해 공복 운동을 시작합니다. (283쪽)
아침에 막 일어났을 때는 혈당이 낮고 따로 보관된 에너지도 부족합니다. 이때 운동을 하면 체지방을 에너지로 꺼내쓰게 됩니다.

그렇지만 공복 운동이 만능은 아닙니다. 공복이 길어지고 에너지 소모가 늘어나면 두뇌는 "어? 이거 뭔 일 일어나는 거 아냐?" 라고 생각해서 경보를 울립니다. 경보가 울리면 몸의 신진대사가 저하되어 기초대사량이 낮아지게 됩니다. 또 무리한 운동 시에는 오히려 근손실이 일어날 수 있습니다.
(〈다이어터〉 1권, 271쪽) 근육이 마구마구 움직이면 많은 에너지가 필요합니다. 반면에 지방에서 충당하는 에너지는 속도가 느립니다. 이때 두뇌는 급한 김에 근육의 단백질을 분해해서 사용합니다.

공복 운동은 격하지 않은 유산소 운동을 30~40분 정도 하는 것이 적당합니다. 욕심이 나도 근력 운동은 제외하는 편이 좋습니다. 오히려 역효과가 날 수 있기 때문입니다. 또 운동 후에도 공복이 지속되면 추가적인 근손실이 발생할 수 있으니 운동 직후 식사를 하세요. 헬스장이 아니라 집에서 러닝머신이나 사이클을 이용해서 운동해도 좋습니다. 일어나자마자 운동을 하고 아침밥을 먹으면 그만한 꿀맛도 없지요.

점심이나 저녁 식사를 건너뛰고 일부러 공복 상태로 운동하지는 마세요. 아침이야 몇 시간 동안 아무것도 안 먹었으니 배속이 비고 에너지가 부족한 상황이 자연스럽습니다.
잠깐 그 사이를 이용해서 운동하는 겁니다. 하지만 점심, 저녁까지 의도적으로 공복을 유도하는 상황은 부자연스럽습니다. 그런 상황을 고의적으로 만들면 결국 요요현상이 일어날 수도 있습니다.

공복 운동의 체지방 감량 효과는 대단하지만 몇 가지 단점들이 있음을 꼭 명심하세요. 이러한 점을 고려하여 일주일에 두 번 정도가 적당합니다.

큰 헬스장
큰 헬스장
오- 회원님,
오랜만이시네요!
MUSCLE-G
STRONG MAN
FITNESS
아…. 예….
정말로
오랜만이
시군요.
얼굴
잊어버릴 뻔
했습니다.
하하하.
…예….
맞선녀와의
데이트로
운동에 잠시
소홀해진 부장.
거… 건강한
통통맨 정도로만
유지하려고….
후후,
건강이라….
크흐흐….
지금은
그냥
통통맨
같은데요.
종알 종알 종알 종알
종알 종알
종알 종알
큭….
그동안 많이
나태해 졌던 건
사실이니까….
할 말이
없다.
오늘은
정말 열심히
운동하자!!!

쿵짝
쿵짝
쿵짝
쿵짝
쿵짝
쿵짝
복작
복작
복작
탁
탁
탁
탁
수지 씨…? 언제부터 뛰기 시작 했지?
헉
헉
헉
그래. 나도 오늘은 오랜만이니 가볍게 유산소만 하자…!
위잉
위잉
위잉
수지 씨도 저렇게 열심히 하는데 나도 질 수 없지.
슥
힐끔
힐끔
위잉
위잉
위잉
수지 씨, 제법 잘 뛰잖아?

좋아!! 나도 뛰어볼까!!
삐
10.0
Speed
삐
삐
난 남자니까, 10!!!!
웡
웡
웡
웡
웡
웡
웡
웡
웡
웡
웡
웡
으, 으?? 수지 씨! 왜 속도를 줄이지 않는 거야?
내가 너무 빨리 뛰고 있나…!
쉬다가 갑자기 10으로 뛰는 건 너무 오바였나.
하긴 누가 본다고….
삐
삐
8.9
peed
그냥 수지 씨랑 똑같이 뛰자.
으으…. 그래도 너무 숨이 차….
웡
웡
웡
웡
헐떡
헐떡
헐떡
조금 쉬었다고 이렇게까지 체력이 떨어지나….

유산소에 변화를 주기 시작한 수지.
4분 뛰기/1분 걷기를 6번 반복해서 30분.
후우 후우
후우
이것이 오늘 수지의 목표.
처음엔 1분 뛰고 4분 걷기도 힘들었던 수지였지만
뛰는 시간을 매일 30초, 또는 1분씩 늘리다보니
이제는 걷는 시간보다 뛰는 시간이 더 길다.
…..
이 코치 또 회원 상담하고 있네. 나도 받아 볼까~?
빙글 빙글
맨날 말로만 그러네!
이미 스케줄 꽉 차지 않았으려나?
날씨가 슬슬 따뜻해져서 다들 마음이 급해지나봐.
스케줄 조정하는 것도 일이겠네요.
네온비 관장이랑도 친해보이더라구.
….
난 한 명을 가르쳐도 제대로야!!!
수지만큼 열심히 하는 사람 없지, 암!!
홱

그것이
바로….
저스틴의
가장 큰
고민이었다.
선생님, 짜장면
다이어트라고 아세요?
한 가닥씩 천천히
먹으면 뱃속에서
불어서….
근데
여자친구
있으세요?
방학 동안만
하루 4시간 정도씩
빡세게 할 건데…….
두 달이면
권상우 정도는
가능하겠죠?
서 있을 땐 괜찮은데
앉으면 다리가 퍼져요.
어떡하죠?
다리 살만 빼 주실 수
있나요?
저스틴은
냉철하고 실력 있는
트레이너였지만
상담을 거듭하며
슬슬 속이
답답해져 왔다.
의욕 충만하고
남들보다 더 절실한 회원.
저스틴의 실력을
입증할 수 있는
성과가 뚜렷한 회원…!
인간의 다리가
플라스틱이 아닌 이상
앉으면 퍼지는 게
당연하잖아…!
바로 그런
회원이
필요했다.

……
후욱
후욱
후욱
오늘 수지가 담아온 음악은
클럽 댄스 리믹스.
쿵짝
쿵짝
음악은
쿵짝
쿵짝
쿵짝
쿵짝
쿵짝
쿵짝
배경을
바꾼다.
쿵짝
쿵짝
쿵짝
쿵짝
쿵짝
쿵짝

쿵…
쿵…
쿵…
쿵…
쿵…
쿵…
쿵…
쿵…
이게 도대체 무슨 소리람?
자꾸 커져.
무서워, 무서워…….
쿵…
쿵…
쿵…
쿵…
으으…
뭐야, 자꾸!
시끄럽게!!
어디서 자꾸 쿵쿵거리는 거야?
재수없게 시리!!
쿵…
쿵…
발소린가???
근육 거인이 쳐들어 오는 건가?!!
와아아아
쿵
쿵
쿵
쿵

으으….
내가 자꾸 왜 이러지….
드르륵
세트 포인트
협정문.
이게 우릴
지켜 줄
거야…!!
제2조 (체중의 변화)
1) 신수지가 많이 먹더라도 세트포인트는 72kg에서 유지하기로 한다.
2) 운동을 꾸준히 하면 체중에서 각자 차지하는 비율은 지방과 근육이 협의하에 유지한다.
서프라이즈!!
벌컥
생신 축하드립니다,
대장님!!
꺄-
꺄-
꺄-
이, 이 자식들
뭐야, 갑자기….
찌잉
아무리 바빠도
대장님은 제가
챙깁니다!
후하세요
후-
대장은 잠시
기분이
좋아졌다.
후
먹고 바로
누워
자보실까!!
ㅋ
ㅋ
ㅋ
캬
캬
캬
하하,
잠깐
만요.

선물도 준비 했습니다.
짜잔
!!!
이, 이거 너무 무리한 거 같은데…. 하하하….
저번 한꺼번에 돈 많이 들어왔을 때 모은 걸로 샀어요.
이놈들…
대장님은 이 나라의 최고이시니까 이 정도는 타셔야죠!
쭈욱
푸타타타타타
지방대장의 첫 헬기 시승식.
타타타
타타타
수지나라를 시찰해 보기로 했다.
성 근처는 정말 황량하고 썰렁한 풍경이야.
파파파파
ㅋㅋㅋㅋ
멋져!!
재밌다♥
쿵… 쿵… 쿵…

쿵-
쿵-
쿵-
쿵-
??
뭐지.
저 숲은?
지도 상, 여기는
틀림없이….
벌판이어야
되는데….
이렇게 요란스럽게
크는 나무는 처음
보는군.
….
이유는
모르겠지만….
뭔가 위험한
느낌이 드는데…?
쿵.. 쿵..

타 타 타 타
타 타 타 타
타 타 타 타 타
여긴 그만 돌고 딴 데로 가보자고.
아무것도 없잖아.
….
아무래도 제가 직접 내려가서 확인해 봐야 할 것 같습니다.
!
어차피 착륙할 곳도 마땅치 않으니 저 혼자 갔다 오려구요.
헬기는 대충 옥상에 세워 두세요.
정 신경쓰이면 조심해서 갔다 와. 너무 돌아다니면 살이 빠진다고.
걱정 마세요.
그럼 얼른 다녀 오겠습니다.
슈웅
팡

팔랑
팔랑
팔랑
으악
으악
으악
꼬마 근육아!
!
지금 다른 근육들 전부 모여 있어. 운동한다고….
아아, 그래! 나도 곧 가려던 참이었어.
너도 같이 가지 않을래?
아, 아니
내가 거기 끼어 있으면 근육들이 불편해 할 거야.
이 숲은 근육들을 위해 생겨난 것이 확실해.
난 그냥 멀리서 응원할게.
무슨 소리!
꺄악!
번쩍
이게 무슨 짓이야…!!
내려줘! 난 무겁단 말이야!
하하하!
지방들은 덩치만 크지, 우리보다 가볍던걸?

부스럭
부스럭
….
침투의 기본은
꼼꼼한 위장술.
!
곧바로 이어지는
은밀한 추적.
사삭
사삭
그렇게 셀룰이
도착한 곳엔….
흐얍
흣
흣
흐얍
흣
퍽 퍽
퍽
놀라운 광경이
펼쳐져 있었다.

무예 연마.
발차기는 이렇게….
네!
체력 증진.
심신 안정.
여기서 운동하면 잘 지치지도 않고, 금방 회복되는 것 같단 말이야?
난 이 나무 밑에서 명상을 하며 우주의 기를 받아들인다네.
등골이 서늘해진 셀룰라이트.
하하하.
….
이대로 넋 놓고 있다간 근육들에게 나라를 빼앗기겠어…!
이 숲은 도대체 뭐야!
수지 포레스트.
심폐지구력이 늘어날수록 자라나는 숲.
숲이 커질수록 산소와 영양소의 효과적인 공급이 가능해진다.
근육이 잘 자라고 유지되는 환경이 되는 것이다.
수지 포레스트는 점점 나라를 뒤덮는 중이었다.
대, 대장님!
큰일입니다…!

아
아 아
아
아
아
아
....
....
MUSCLEKING
대장님!
정신 차리세요 !!
아, 아니지!!
부릅
이건 명백한 협정 위반 이잖아?!

앞에선
휴전 협정을
맺어놓고
뒤에서
몰래몰래
운동을
했어!
야비한
근육놈들
!!!
척
척
척
척
척
이렇게
뒤통수를
쳐?!!
전쟁이다.
전쟁…!!
이번에야말로
근육 자식들을
끝장내 버릴 테다!
오늘은 수지의
사이즈 점검일.
27
28
29
30
31
32
33
쭈욱
체중은
70.5kg
좀처럼
움직이지 않던
체중계 숫자가
다시 내려가기
시작했다.

체중감량보다
더 놀라운 건
확연히 달라진 체형.
체중 70.5
팔 33
87
엉덩이 104
허벅지
종아리
최근
몇 달 동안의
체중 변화는
더딘 편이었지만
찰칵
찰칵
찰칵
찰칵
체형은
지속적으로
변하고 있었던
것이다.
92kg
70.5kg
세상에…!
비율이
달라졌어요,
선생님!
이것이 바로
슬로우 다이어트의
힘…!
그럼 난
헬스장으로
출근하러 간다.
네!
저, 오늘은
좀 피곤하니까
집에서 쉴게요.
이제 슬슬
신수지 자료들을
정리해서
업뎃해볼까…
ㅋㅋㅋㅋ
아직 찬희의
블로그 모름.

70kg.
운동해서 70kg까지 뺀 사람.
표준 체중에서 70kg까지 살이 찐 사람.
쏴아아
둘의 몸은 체중계의 숫자만 같을 뿐,
확연히 다른 몸이라던 찬희의 말이 생각났다.
쏴아아…
얼핏 보면 똑같이 통통해 보여도
어딘가 미묘하게
라인의 느낌이 다른 것이다.
자신의 숨겨진 원래 모습을 천천히 되찾아가는 기쁨.
노력만으로 외형이 점점 변해 간다는 것은 얼마나 매력적인 일인가.

sher lock
CARAMEL DONUT
CARAMEL DONUT
살도 좀 빠졌는데 하나 먹을까?
그냥 참을까?
삐-이
삐빗
삐빗
삐빗
띵동
드득
드득득
어, 오랜만에 이벤트가 떴네.
Explorer
설치하시겠습니까?
네
아니오
안 해야지.
내일까지 계속 생각나면 그때 먹자.
수지가 빵집을 통과했습니다.
$000100
그래, 그래.
제법인데, 신수지!
요즘 뇌는 한껏 여유로운 생활을 즐기고 있었다.
스트레스 받을 일이 없기 때문이다.

1년 전.
슈우우우우
펑
펑
펑
퍼펑
끄악!!
펑
악!!!
아악!!
또 굶는 다이어트를 시작했네….
펑… 펑… 펑…
며칠 뒤 컴퓨터가 또 난리 나겠군.
빠바바바박
Shin Suzi Explorer
설치하시겠습니까?
네
아니오
어휴, 이거 무슨 악성코드도 아니고.
아니오.
아니오.
아니오.
아니오.
아니오.
아니오.

휴….
빠
바
바
바
바
바
이 멍청한 수지 자식!
왜 만날 처굶고 이런 고민을 하는 거야.
이런 거 말고 좀 더 생산적인 고민은 없는 거야?
내가 이런 무의미한 클릭이나 하고 있어야 해?
그냥 먹어!
전부 처먹어!
네
아니오
Shin Suzi Explorer
정말 결정하시겠습니까?
모두 예
앞으로 1달간 다시 묻지 않습니다.
먹어!
나한테 허락 받지 말고 먹어!!
잘먹겠습니다!!
캬
캬
캬
캬
캬
캬
그런 시절도 있었는데 말이야….
파워살찜을 시전합니다.
띵동
띵동
띵동
으응?

아니, 저게
무슨 일이야!!
LIVE
지방들
왜 저래?
으응??
요즘 좀
잠잠하다
했더니!
탁 탁 탁
이게 갑자기
무슨 짓이죠?
지금
평화 협정을
어기겠다는
겁니까?
닥쳐!
닥치라고!
약속은
너희가
먼저
어겼잖아
!!
으응?
또 무슨
생트집을
잡으려고….
우리는 약속을
어긴 적이 없어!
일단
공격해라!!
공격!
와아아아아

빠
악
뭐, 뭐야!
쉬우우…
이 자식들 겁먹지 마라!
공격해, 공격!
와아아아아
나왔다! 지방 분해킥!!
하체 근육 님이 직접 나섰어!
더 이상은 참고 있을 수가 없군요.
꾸준한 스쿼트와 런지, 유산소 운동으로 인해 탄탄해진 하체 근육.
튼튼한 하체가 중요한 이유는 다른 모든 운동의 밑바탕이 되기 때문이다.

대….
대장님.
어떻게
좀….
먼저
나서
주세요….
슬금
슬금
이놈들!
대장님에게
무슨
말버릇이냐!
크윽
….
이봐! 지방대장!
왜 다들 모여 있어?!
이게 무슨 소동이야!!
아, 뇌인가!
마침
잘 왔군!
이놈들이
협정을 어겨서
말이야!
이것 봐!!
당분간 세트 포인트를
유지한다고 써 있잖아.
그런데
이놈들이
몰래 모여서
운동을 하고
있었어!
저 덩치들
커진 것 좀 봐!
약속을
어겼으니
너 고소!!
위자료도
내 놔!!
이봐,
지방
대장.
이게 무슨
잠꼬대 같은
소리야?

세트 포인트는 뇌가 임의로 기억하고 있는 체중일 뿐,정체기가 아니라고!
세트 포인트는 72kg이 기준이어도 체중은 얼마든지 더 내려갈 수 있어.
72kg까지 돌아오기도 그만큼 쉽지만 말이야.
하지만 이건….
?
수지가 세트 포인트를 낮췄으니,
이젠 폭식해도 예전 92kg까지 금방 올라가지는 않는다는 얘기야!
!!!!
그리고 계약 내용을 다시 한번 확인해봐.
세트 포인트는 72kg에서 잠시 유지한다고 나와있지만 근육과 지방의 비율을 정해놓진 않았어.
그 얘기는 필연적으로….
누가 됐든 살이 빠진 만큼은 이곳에서 사라져야 한다.
그럼 지금처럼 식이와 운동을 병행할 경우, 사라지는 쪽은 누구일까?
뭐?
뭐, 뭐야?! 안 돼!!
안 돼!!
그런 게 어딨어!!

72kg 이잖아! 72kg…!!
둘 다 가만히 있기로 했잖아!!
앙?!
….
자네 혼자 계약서를 잘못 이해하고 있었을 뿐이야.
…!!
근육의 주장은 아주 정당해.
…나만 빼고 전부 한통속이라 이거야?
이 박쥐 같은 뇌…! 우리 지방들이 잘 나갈 땐 그렇게 아첨을 떨더니…!!
그럼 이 협정문은….
지방에겐 아무런 이익이 없는 거잖아…!!
무효….
?
이건 무효야.
이건 셋만 있을 때 작성한 협정문 이니까…
이렇게 많은 근육들 앞에서 사인한 적은 없어…!
그러니까 이건….

무효야! 무효!!
박
세트 포인트 따위 알 게 뭐냐!!
박
박
박
박
먹는 대로 쪄야 맞는 거라고!
불공정 하다!!
인정 못 해!
협정문 도장은 네 손으로 찍었잖아!!!
!!!
휙
휙
와아아
휙
꺼져라 꺼져! 지방 놈들!!
우우우—
대, 대장님 일단 몸을 피하시죠!!
끄흐…
아아아아…

4. 비만은 당신 탓이 아니다

위로의 말이 아닙니다. 1980년대에 이르러서는 대한민국에서 빈곤이 사라졌습니다. 1980년대를 산 사람도 마음만 먹으면 2012년을 사는 현대인만큼 살이 찔 수 있었습니다. 1988년과 지금을 비교하면 비만율이 약 3배가량 증가했다고 합니다.

1980년대는 2010년대보다 음식의 유혹이 적었습니다. 그때에도 식당 계산대 앞에서 사탕을 주는 정도의 서비스는 있었지만, 음식과는 관계없는 가게나 은행, 관공서에서까지 사탕을 주지는 않았습니다. 패스트푸드는 햄버거 프랜차이즈 몇 개와 호떡, 호빵, 떡볶이 같은 분식이 주류였습니다. 지금은 세계 각국의 온갖 음식을 맛볼 수 있는 음식점이 즐비하지만, 그때는 음식의 종류도 다양하지 못했습니다. 현재의 대형할인점과 같은 유통업체는 거의 없었고, 부담 갖지 말고 마음껏 먹으라는 시식 행사도 지금보다 드물었습니다. TV 광고도 지금처럼 유쾌하고 맛깔나게 표현하지 못했죠. 즉 2010년대는 30년 전보다 훨씬 음식에 대한 유혹이 많은 세상이 되었다는 뜻입니다. 거꾸로 말하자면, 당신이 지금 80년대로 돌아가 생활하면 과체중이나 비만에서 벗어날 확률이 3배 높아진다는 뜻입니다.

"하지만 결국 그걸 제어 못하는 개인의 탓 아닌가요?"

이렇게 말하는 사람, 분명히 있습니다. 그러나 최근 연구 결과에 따르면 비만의 이유는 사회구조의 탓이 크며, 개개인의 자율에 맡길 수 없는 문제라는 명백한 증거들이 있습니다. 아이스크림을 판매할 때, 아이스크림 냉장고의 문을 열어놓은 채로 진열하면 판매량이 더 증가한다고 합니다. 사람의 식생활습관은 대개 무의식적으로 이루어집니다. 가령 뷔페 음식점에서 큰 접시와 작은 접시를 주고 두 집단을 비교해 보면, 접시 크기와 비례해서 음식을 섭취한다고 합니다. 식품 기업들은 이런 무의식적인 소비패턴을 조장해야 이윤을 남길 수 있습니다. 그만큼 사람은 더 많은 열량을 섭취한다는 뜻이고요. 대한민국은 작은 접시보다는 큰 접시를 권하고, 전기료는 어찌 되든 냉장고 문을 열어놓는 사회로 변했습니다.

물론 타임머신이 발명되진 않았으니 우리는 먹을 것을 권하는 현재를 살아갈 수밖에 없습니다. 하지만 거꾸로 생각하면, 우리의 환경을 1980년대적으로 바꾸면 살이 빠진다는 뜻도 됩니다.

– 115쪽에서 계속

큰헬스장
큰 헬스장
여기요.
슥
안녕하세요! 지난번에 들러서 가격 물어보셨죠??
아…. 네. 조금 늦었어요.
36만 원 이에요…. 확인해 보세요.
맞겠죠. 요즘 이렇게 현금으로 등록하시는 분은 드문데.
지난번에도 말씀드렸듯이 옷과 수건은 대여되고요.
현금으로 하셨으니까 6개월에 서비스 1개월 더 해 드릴게요.
!!
발그레
감… 감사합니다.
?
꾸벅
꾸벅
하하하, 별말씀을.
그럼 오늘은 인바디를 재고 운동 기구 설명해 드릴게요.
일단 PT는 안 받고, 혼자 운동 하시겠다 구요.
네. 그냥 혼자서…. 괜찮겠죠…?
그럼요. 혼자서도 꾸준히 출석하시는 분도 많아요.

아하하하,
더는
못하겠어
~!!
좀 봐줘,
이 코치~!!
출석만 열심인 아줌마
…회원님….
못해, 못해
벌렁
무리야, 무리!
알았습니다. 다음엔
봐주는 거 없어요.
호호호,
알았어요.
다음엔
열심히
할게!
정말로!
ㅋㅋㅋ
저스틴에게 PT를
10회 받기로 했다.
그런데 이 코치는
이름이 왜 저스틴이야?
외국인이야?
아아, 이전 헬스장에선
외국인 회원도 많이
가르쳤거든요.
예명으로 쓰는 겁니다.
아….
숀 리, 아놀드 홈,
이런 이름이구만.
그래, 그래.
네.
참, 이 코치.
이거 먹어 봐.
요즘 운동
많이 하면
입이 궁금
하더라고.
…전
됐습니다.
내가 이걸
먹고 싶어서
운동이 안 됐어!
아, 하나만
먹어
보라니까!!
자!!!
자
자
으
으 으
…….
우물
우물
우물

PT를 받는 것만으로도 저절로 살이 빠질 거라고 생각하는 회원들이 있다.
캬캬캬
하지만, 난 살을 빼려는 의지가 있는 회원에게 가장 효율적인 방법을 제시하는 사람이지,
없는 의지를 만들어 내는 사람이 아니다.
운동은 하기 싫은데 빨리 빠지길 바란다면…
여기 있을 게 아니라 수술을 해야지.
1급. 목표와 의지가 충만한 사람.
2급. 목표는 있는데 의지가 받쳐주지 못하는 사람.
3급. 목표도 의지도 없이 징징대기만 하는 사람.
회원을 10명 가르친다면 끝까지 나를 따라오는 사람은 1~2명뿐.
1
2
3
2급은 어떻게든 1급으로 끌어올릴 수 있지만 3급은 누가 가르쳐도 가망이 없다.
그리고 당연히 이 아줌마는 킹 오브 킹 3급.
우물
우물

야!!
저스틴! 아니, 이 코치!!
헬스장에서 뭘 주섬주섬 먹고 있는 거야?!!
자기 집 안방도 아니고!!!!
제가 가져온 게 아닙니다. 텃세가 쩌시네요.
서 코치도 먹어!!
쏙
ㅋ ㅋ ㅋ ㅋ ㅋ ㅋ ㅋ
어디서 쪄온 거예요?
맛있다!
나머지는 사우나 가서 먹어야겠어. 호호호호!!
….
웡
웡
웡
웡
한 개만 더 주세요
이따위 코치한테 1급 회원이 있다니….
의욕 있는 1급 회원을 가르치고 싶다.
성취감을 느끼고 싶다…!

하지만
자기 마음에 드는
1급 회원을 만나는 건
생각보다 쉽지 않은
일이었다.
참새야!
오늘부터
다니는 거야?
헤헤헤….
네, 언니.
아하하,
그런데
옷 잘못
입었다~.
파란색은
남자 회원
이야~.
…아….
그게….
안 들어가서….
여자 옷이
맞는
사이즈가
없어서….
서 코치!!
정수기에
물이 없어!
네-!!
헉!!!
저기….
괜찮아요,
괜찮아!
언니는
그동안 살이
더 빠졌네.
부럽다….

나도….
나도 뺄 거야.
이건 이렇게…
빨리 여자 옷을 입을 거야.
꿀렁
꿀렁
꿀렁
꿀렁
으악!!
우당탕
…
하하하 하하
퍽퍽퍽
퍽
퍽
퍽
처음 오셨어요?
신경 쓰지 마세요, 흔한 광경이니까.
네? 아, 네.
어디까지 설명 들으셨죠?
제가 마저 해 드릴게요.
인바디 결과 좀 보겠습니다.
네.
…

송참새.
169cm,
97kg.
고도비만.
오랜 경험상 여성 고도비만
회원의 대부분은 도중에 안 나온다.
자, 이 기구는
이렇게 꽉 잡으시고.
팔을
안쪽으로
...
다른 사람들
시선이
부끄럽다고.
주변에서 억지로
등 떠밀어서
헬스장을 등록한
경우가 많으니.
열심히 알려줘도
며칠 지나면
안 오고.
또 새로운
회원에게
헬스장 이용법을
알려줘도,
며칠 지나면
안 오고.
그게 반복되니
정말 열심히 하는
사람이 아니면
자세히 알려주고
싶지 않다니까.
이 기구는
다리를
들어 올리는
거예요.
다리를
탄탄하게.
앉아서,
옆에 중량
조절하시고.
"먹고 싶은 건
너무 많고,
운동은 하기
싫어요~!"
"이 동작
할 때는
쪽팔려서
운동
못하겠어요."
"징징징
징징징.."
이런 회원이
아니었으면.
네.
직접 한번
해 보세요.

헬스장까지 와서
열심히 운동하지
않는 게 가장
부끄러운 건지도
모르고….
이렇게
하면 되나요?
네? 네네.
흐압!!
끄압!!
조압!!
호오?
참새는
필사적이었다.
이….
이렇게요?
헉
헉
네.
좋아요.
설명은 끝입니다.
열심히 운동하세요.
저…. 앞으로
어떤 순서로
운동하면
좋을까요?
운동 전후 스트레칭 하시고,
워밍업-무산소-유산소운동
하시면 돼요.
네….
음….
그럼….

머뭇 머뭇…
왜요?
아…. 아니오, 아무것도.
난 지금 1대 1로 PT 받는 게 아니니까….
더 이상 자세히 물어보면 좀 실례겠지…?
저 선생님은 수지 언니 담당이니까…
투덜 투덜
깨끗이 닦아!
한번 봤다고 더 물어보기도 그렇고….
어떻게든 혼자서 해 봐야겠지…! 힘내자!!
팍 팍 팍 팍
후욱.. 후욱.. 후욱.. 후욱..
후욱 후욱 후욱 후욱
…
….
당분간 지켜 보도록 할까….

끼이이..
철컥
철컥
엄마는 오늘 야근.
아빠도 야근.
오늘처럼 따로따로 먹어야 할 때가 더 많다.
어릴 때부터 혼자 있으면 매일 라면 끓여 먹었는데.
우우우웅
이제 라면과 빵은 끊어버리기로 결심했으니까 안 돼.

가족 모두가 바쁘니까 냉장고 속에 무슨 음식이 언제부터 있었는지,
먹어도 괜찮은 것은 무엇인지 잘 알 수가 없다.
혼자서라도 장을 봐야겠어.
빨리 공부도 해야 하니까 제일 가까운 곳으로 가자.
Home Mart
착한 가격
운동 갔다오느라 시간이 너무 많이 갔어…
가장 빨리 먹을 수 있고 그나마 내가 좋아하는 걸로….
토마토
1+1
가장 싼 토마토.
5,160원
좋은 토마토.
9,800원
행사상품
5,160원 입니다.
삑
집 앞 중국집 짜장면은 3,000원인데 토마토 가격은 왜 이러지?
그러고 보니 모든 채소값이 다 이상한 것 같아.
라면, 빵, 짜장면이 싼 건지, 채소가 비싼 건지….
닭가슴살까지는 무리야. 고민할 필요가 없네.

싸아아
첩
첩
첩
두 개 먹었다. 나머지는 아껴 놨다가 내일 먹어야지….
탁
배고파….
이렇게만 먹으면 원 푸드 다이어트와 다를 게 없어….
수지 언니 말대로 단백질을 좀 더 먹어야 해.
참새야, 너 왜 계란은 다 남겼어?
옛날에 삶은 계란 먹고 체한 기억이 있어서….
아…

까득
까득
꾸역
꾸역
꾸역
싫어하는 음식을 먹는 고역.
꿀꺽
벌써 시간이 이렇게….
6. 그림과 같이 성냥개비를 이용하여
계단일 때는 성냥개비가 4개, 2개의 계단
10개 필요하다. 16개의 계단을 완성하는데
의 최소의 개수는?[4.9점]
270개
집중이 잘 안 되네.
배고파.
사각
사각
다른 것도 좀 먹었으면 좋겠는데….
괜찮아. 그런 거 안 먹어도 뺄 수 있어.
다이어트는 원래 참으면서 고통스럽게 하는 거잖아.
하아….
맛있는 거 먹고 싶다….
참자….
참자….
참자….
참자….
참자….
참자….
참자….
참자….
참자….
참자….

쳐이
조금만 기다리세요. 다 됐으니까.
허허…. 여기까지 와서 고생하네요, 숙이 씨.
쳐이이
볼 때마다 핼쑥해져서 제가 마음이 안 좋아서 그래요!
저 요리솜씨 좋은 것도 자랑하고 싶고..!!
그런데….
둘이 먹을 건데 너무 많지 않나 싶은….
그득
그득
어허허!! 머리도 잘하시고, 요리도 잘하시고! 정말 숙이 씨는 손재주가 좋아요.
오호호호!! 제가 옛날부터 손이 크다는 얘길 많이 들어요.
하하하…. 하…. 하하하하.
근데 요즘엔 서울에서 헤어 박람회가 자주 있으신가 봐요!
자주 왔다갔다 하시려면 고단 하시겠다.
….

탁
…왜 제가 자주 올라오는지 정말 모르시겠어요?
…!!!
허겁지겁
냠냠
…
왜 이것밖에 못드세요, 좀 더 드세요~.
하아하아…. 너무 배불러서….
으으…. 진짜로 배가 터질 것 같아!!
미안해요, 그만 먹을게요.
또각
또각
또각
그래도 조금만. 아아~.
흐윽
으음, 그럼 알았어요. 얼른얼른 치워야겠네!
MILK

어머!
냉장고가 비었네♡
여기 넣어둘 테니까 튼튼이 다 드세요.
냉장고도 좀 큰 걸로 바꿔요~.
척 척 척 척
전 이제 그만 갈게요. 나오지 마세요~.
네. 조심해서 내려가세요….
우우웅
이걸 나 혼자 다 어떻게 먹으라고….
운동으로 커버가 안 될 양이잖아…. 아~ 숙이 씨 …….
못 먹고 버리게 되려나….

아니, 아니야.
버릴 수 없어!
왜
왜
많이 만든 사람은 숙이 씨인데 왜 내가 죄책감을 느껴야 하지….
끄흐흐
버릴 수도 없고, 먹을 수도 없고….
선택하기 어려운 괴로운 상태의 부장.
건강한 다이어트를 위해선, 음식을 덜 만드는 것 또한 중요한 것이었다.
아 아
아아…

5. 다이어트 심리

– 97쪽에서 이어서

비만을 유발하는 사회구조와 질병으로 취급하지 않는 인식 때문에 다이어터들은 힘이 듭니다. 우선은 부담감을 벗어던지라고 말하고 싶습니다. 부담감을 버리지 못하면 성공적인 다이어트를 할 수 없습니다. 잠깐 눈을 감고 '비만'이라는 단어에서 어떤 느낌을 받는지 생각해보세요. 많은 분들이 '수치심', '부끄러움', '무절제', '게으름' 같은 부정적인 단어를 떠올릴 겁니다.

한 연구기관에서 비슷한 체지방률을 가진 사람을 선별하여, 비만에 대해서 부정적인 이미지를 가진 집단과 그렇지 않은(긍정적이지는 않더라도 상대적으로 덜 부정적이고 낙천적인) 집단을 나누어 체중 감량을 시켜보았다고 합니다. 그러자 부정적인 이미지를 가지지 않은 집단이 훨씬 높은 감량 효율을 보였습니다. 부정적인 집단은 폭식이나 간식 섭취를 제어하지 못하는 성향이 강했다고 하네요.

로미오와 줄리엣이 금지된 상황에서 강렬하게 끌렸듯이, 식욕과 비만에 대해 죄악감을 가진 사람일수록 그것에 더 강력하게 끌립니다. 그러면 우선은 다이어터 스스로가 담대해져야 합니다. 위에서 말했다시피 비만은 개인의 잘못만이 아닙니다. 세계보건기구(WHO)는 비만을 이미 중대한 질병으로 다루고 있습니다. 그리고 국가적인 차원에서 이 문제를 해결하기를 권고합니다.

물론 이 사회를 벗어나서 갑자기 무인도에서 살아갈 수는 없습니다. 그렇지만 어째서 비만이 유발되는지, 어떻게 피해야 하는지 파악했다면 그것을 피할 수 있는 방법도 알 수 있습니다. 언제까지 사회에 모든 탓을 돌릴 수는 없습니다. 우리는 체 게바라가 아니니 비만을 유발하는 사회를 개혁하려 나서기는 어려운 일이지요. 그러나 최소한 자신이 통제할 수 있는 범위 내의 환경은 변화시킬 수 있습니다. 그 방법은 대개 소소한 부분들입니다.

– 152쪽에서 계속

빨리 출근 안 하고 뭐해?
옷이 없어서….
이상하게 옷이 자꾸 없어지는 것 같아요.
?
?
?
어딘가 있겠지. 가끔 빨래 돌리다가도 양말 한 짝씩 사라지고 그러잖아.
대충 빨리 입고 가.
그런가.
그런가…. 잠 깨워서 미안해요.
수지는 최근 너무 커진 유니폼을 새로 맞췄다.
77
수지 씨, 정말 살 많이 빠졌다.
와…. 정말요?
응, 응.
저….
몇 kg 정도 나갈 것 같아요?
새빛은행

한 65kg?
맞아 65kg쯤 돼 보이는데?
수지씨 몇 kg이야?
와…!?
내가 65kg 같다고??
현재 수지의 체중 70kg
진짜 그만큼 밖에 안 나가 보여요?
정말?
정말?
?
65kg이라는데 왜 저렇게 좋아하지…?
연예인들은 다 48kg이던데…
여성의 적정 체중을 잘 모르는 보통 남자의 생각.
남들이 볼 땐 아직 멀었다고 생각할지 모르지만
이미 수지나라의 변화는 곳곳에서 일어나고 있었다.

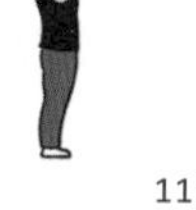

쏴아아
촉촉
지방꽃이 정말 예쁘네요.
예뻐요!
부드러운 여자의 몸 선엔 지방도 꼭 필요하니… 꽃지방님의 공이 정말 큽니다.
호호호, 과찬의 말씀을.
저도 울퉁불퉁하고 보기 싫은 지방이 아니라, 몸매를 예쁘게 보이게 하는 지방이 될래요.
저두요.
저두.
근육들도 이 말을 들으면 정말 기뻐할 거예요.
그날 이후로 행적이 묘연해진 지방대장.
성 안에서 조용히 칩거하고 있더라는 소문이 돌긴 했지만
무슨 생각을 하는지는 아무도 몰랐다.
꽃을 같이 키워 보실래요?
우선 이렇게 땅을 파야 해요.
톡 톡
탁

?
우와,
보물상자다!
웅성
웅성
열어봐요,
열어봐!
궁금해요!!
끼이이이이
드디어
수지의 손가락에서
도드라진 뼈마디가
발견되었다!
!!
싸아아아
살이 움푹
들어가 있었던
수지의 옛날 손.

그 외 각종 중요한 유물들도 속속 발견되는 시기였다.
역시 맞는 거 같군요.
네. 이건 틀림없이 오래전에 자취를 감춘 전설의 유적….
쇄골….
쇄골의 흔적이오…!
이 발견으로 인해 수지나라에도 쇄골이 존재했다는 가설이 입증됐소!
오오!!
수지나라의 위대한 지도자, 지방대장!!
아직 파내야 할 흙들이 많이 남아있지만
곧 완전한 모습을 드러낼 것이다.
쿵
쿵
쿵
수지나라의 위대한 지도자, 지방대장!!
풀썩

이제야
우리 집 마당에도
햇빛이 들어
오는구나.
쿠르르르
곳곳에 세워진
불법 광고판도
하나 둘 철거되기
시작했다.
언제나 그늘져 있던
수지의 옛날 무릎.
이 부분
지금 무릎.
날이 갈수록 점점
아름다워지는 수지나라.
선생님! 오늘은 원래
쉬어도 되는 날인데
혼자서 운동했어요!
벌컥

지금 꺼진 모니터 앞에서 뭐해요?
그냥 뭐 생각하고 있었어 ….
인생에 대해…
?
….
스윽
뜨거운데?
!!!
아, 아냐! 아무것도 안 했어!!
비켜봐요! 한번 보게! 모니터만 금방 껐구만!
으악!
여성 빅사이즈 전문 카페
[팝니다] 88사이즈 의류 판매합니다. | 아이디 : 트레이너SEO
서너번밖에 안입은 새옷입니다.
살이 많이 빠져서 입을 수가 없게 되
어쩔 수 없이 팝니다.
아끼던 옷인데 아깝네요 ㅠ.ㅠ
품질 100% 보증!
운송비 포함 2.0

시….
신수지.
오해하지 마.
큰 옷을 갖고 있으면 다이어트에 방해가 될 수도 있다고…!
나중에 다시 살찌면 아무 생각 없이 그 옷을 입게 될 테니까.
마음 새롭게 정비하라고 귀찮은 거 도와주는 것도 모르고!!
찬희의 말은 언뜻 맞는 말 같아 보이지만….
그럴 거면 판 돈을 나한테 주든가!
퍽퍽
아!
맞아도 싼 행동이었다.
최근에 좀 커진 옷들 참새 주려고 했는데.
하긴 뚱뚱할 때 입던 옷 그대로 주면 기분 나쁠 수도 있겠구나….
518
탁…
탁탁…
탁
탁
탁

이왕
헬스장
등록한 거.
이번엔 정말
마지막이란
생각으로…!
운동에 대한
정보를 얻는 것
자체는 어렵지
않다.
오히려 너무
많은 게 문제.
중요한 건 이 중에서
무엇을 선택할 것이냐!!
초보자를 위한
헬스장 가이드
워밍업과 스트레칭을
꼼꼼히 해야 합니다.
참새는
생각했다.
〈월요일〉
벤치프레스 10x2
랫풀다운 10x2
앉았다일어나기 10x2
어깨운동 10x2
아령 10x
〈화요일〉
슥슥
헬스장의 많은
트레이너가
저스틴
선생님.
모두 PT 회원만을 위해
있는 건 아닐 거라고.

이 정도
부탁이라면
큰 실례가 되진
않을 것이다.
선생님이 어제
알려주신 대로 나름
일주일 플랜을
짜봤는데요.
슥
잠깐 봐주시면
안 돼요?
1급!
어디….
프로그램은 나쁘지
않은 것 같습니다.
1급
회원!!
제가 몇가지 더
추가해 드릴게요.
가르치고
싶어…!
가르치고
싶다…!
혼자서 다
알아보신
거예요?
……??
무슨 생각을
하고 있는 거지?

네. 혼자서
이것저것….
….
운동법
같은 건
검색하면
나오니까….
…회원님.
정말 의욕적이신데,
저한테 PT 한번
받아 보실래요?
아뇨.
돈 없어요.
그럼 전 운동하러
이만….
잠깐!!
그럼
상담이라도
받아보시죠.
저랑 PT를
시작하면….
12주 안에
비만에서
벗어날 수
있습니다!

…….
물론 PT비용이 비싸게 느껴질 수도 있지만….
방긋 방긋
그동안 내가 가르쳤던 회원들 비포 애프터 사진 보면 마음이 달라질걸!
전 괜찮아요.
됐어요.
!!
아, 아니…. 안 해도 좋으니까요. 일단 상담만….
어차피 하지도 않을 건데 상담 받아봤자 시간낭비잖아요. 그럼 너무 죄송해서….
정말 전 괜찮아요.
그럼 전 운동하러 이만….
….
푸훗
하하하하하
무조건 밀어붙인다고 그게 되겠어? 이 코치?
신뢰를 쌓아야지!
신뢰요?!
발끈!!
당신 같은 사기꾼에게 그런 말 들을 이유 없네요.
수지 회원님 300만 원 들고 날른 거 제가 다 들었습니다.
뭐야? 누구야! 누구한테 들었어!
네온비 관장님이요.

좀 있으면
GX 수업이니
몸이나 좀
풀어야겠습니다.
내 말 아직
안 끝났어!!
서 코치님은
될 수 있으면
말하지 마세요.
속 터지니까.
무시.
붕
붕
붕
붕
붕
….
와…. 저스틴 코치님
근육 봐….
슬렁 슬렁
….
휙
!!!

잘난 척
하지마,
이 자식!
부웅
부웅
체력으로
승부다!!
훅
훅
훅
훅
훅
붕
붕
붕
붕
붕
붕
어느 한쪽이
멈추기 전엔
끝나지 않는
게임…!!

찬희 씨,
그만해요.
그만해!!
더 이상은 몸이
버텨낼 수
없을 거야!!
순정만화
버전
현실
와, 참새야
저 꼴 좀 봐!!!
ㅋㅋ 전
저스틴 샘한테
천 원요.
머리에서
김난다!!
ㅋㅋㅋㅋㅋ
ㅋㅋ
ㅋㅋ
ㅋㅋ
붕 붕 붕 붕
붕
붕 붕 붕
둘 다 케틀벨 흔들면서
지랄하지 말고
제자리에 갖다 놓으세요.
이 코치는
얼른 GX 수업
준비하고.
헉헉…. 네
알겠습니다.
이겼다!
이겼어!!
잘난 척하더니
별거 아니잖아?
뭐라고요?
지금은 GX
때문에…
됐어요,
그만두죠.
네가 헬스장에
와서 효과 본
회원이
얼마나 있어?
….

끙끙
운이 좋아 1급 회원을 만난 것뿐이면서…!!
G.X
우르르
수지 언니, GX 수업은 돈 내고 신청한 회원만 들을 수 있는 건가요?
아니? 그냥 같이 하루에 한 시간씩 단체운동하는 거야.
난 PT 때문에 시간이 없어서 가끔씩만 해.
호오….
맨 앞에서 잘 따라 해야지!
웅성 웅성
….
GX 수업 회원들의 흔한 자리 위치.
의욕적이고 적극적인 회원
스페셜회원
보통
부끄러움 많이 타고 눈에 띄고 싶지 않아 함

저스틴에겐 보인다.
날씬해진 참새의 모습이.
그래서 더욱 미련이 남는다.
자, 그럼 수업을 시작하겠습니다.
G.X
네!
한편.
뚝 뚝 뚝 뚝 뚝
꾸준히 운동하는 수지.
익숙해질 만하면 프로그램을 바꿔버리니 PT는 항상 힘들다.
악마 같은 서찬희.
캬캬캬
한번 더해
돼지야!
지금은 밀린 숙제를 하느라 힘든 거야.
유지하는 단계까지만 가면 그날그날 숙제만 하면 돼.
평생 이렇게 힘들진 않아.
하지만 가끔은 상냥한 말을 건넨다.

좋아. 오늘은 여기까지!
유산소 20분만 하고 마무리하자.
후아
식단일기 검사는….
후아
잘 지켰겠지. 괜찮아.
네.
천사.
하지만 내가 앉아서 쉬라고 한 적은 없을 텐데?
일어서!
뻥!
악마.
이렇게 강도 높은 운동을 하고 온 날에는 온몸이 녹초가 된다니까.
하지만….
별로 뭔가 먹고 싶지는 않다.
복잡한 생각도 안 들고….
몸은 피곤하지만 ….
마음은 가뿐해.
언뜻 이해되지 않을 수도 있지만
애애앵
톡
건강한 식생활은 운동과 함께 할 때 오히려 지키기가 쉽다.
촤라라라라라라라라

이미 쓰러진
도미노 앞에선
조심할 필요가
없지만
우아아앙
파닥
파닥
쌓고 있는
동안은
조심해야 한다.
운동을 꾸준히
한다는 건
도미노를 매일
공들여 쌓는 것.

그동안 쌓은 게 아까워서라도
스스로 자제하는 습관이 생긴다.

선생님이 챙겨주지
않아도 끼니 꼬박꼬박
챙겨 먹고, 운동가고….
그러고 보니
요즘 선생님은
우리 집보다
헬스장에서
보내는 시간이
더 많구나.
…어차피
평생 PT를
받을 수는
없지.
사실 이제는 굳이
합숙까지 해가면서
일일이 챙기지 않아도
스스로 잘하고
있잖아?
헬스장에서 같이
운동하는 것만으로도
충분하지 않을까?
…
근데 조금
허전하다.
우리 집이 이렇게
넓었나….

참새야,
일어나야지
!!
아침에 눈을 떴을 때….
운동 후라 몸이 뻑적지근한 참새.
욱씬
욱씬
욱씬
누군가의 몸과 바뀌거나,
마법처럼 날씬해져 있다거나,
전래동화 속 박씨부인처럼
드디어 허물을 벗고
본 모습이 되었다거나….
항상 이런 상상을 하면서
일어나지만….
오늘도 똑같네. 여드름도 그대로고.
아침에 일어났을 때 날씬하다면 얼마나 몸이 가벼울까? 어떤 느낌일까?
엄마…. 짠 반찬이 너무 많다.
그래야 오래가니까 그렇지.
짠 반찬은 조금만 먹자.
스스로 달라져야 해.
오늘! 오늘이 내 인생에서 가장 뚱뚱할 때라고 그렇게 늘 생각해야지.

응?
엄마 혹시 내 스타킹 가져갔어?
어머! 내가 빨아놓으려고 했는데 물에만 담가놓고 깜빡했네!
내가 그냥 한다니까, 참….
보통 학생이면 학교 가는 길에 아무 스타킹이나 사 신으면 되지만,
복장이 그게 뭐야?
몇 학년 몇 반이야!
죄송합니다….
나는 빅사이즈를 찾지 못하면 들어가지도 않는걸.
빨리 날씬해지고 싶다.
하루라도 빨리 날씬해진다면 내 인생은 하루 더 행복하겠지.
딩동
딩동
2-2

참새의 친구들.
재잘
재잘
야, 진짜 내 허벅지 봐! 미치겠어~.
야-. 내 허벅지가 더 굵거든. 장난 아니야.
재잘
재잘
난 또 그날이 다 됐는지 턱에 막 뭐가 나고….
앗.
….
참새는 진짜 성격 좋아서 어딜 가도 사랑받을 거 같아-!! 부럽다!!
하하…. 그런가? 고마워.
맞아, 참새 진짜 착하지. 그리고 귀엽고.
맞아, 맞아.
참새는 친구들과 사이가 좋았다.
괜히 내 눈치 보면서 억지로 칭찬하지 않아도 되는데.
난 내 몸에 익숙하니까….
날씬해도 분명 자기 몸에 불만이 있을 거야.
내가 있어서 그런 거 이야기하기도 좀 그렇겠다.
대한민국
다이어트
The Reason

참새의 동아리 모임.
자, 그럼 오늘은 여기까지만 하고….
지난주에 각자 추천도서에 대해 써오는 거, 해 왔어?
아니요.
아니요.
아니요.
이놈들 봐라?
저…. 여기, 제 거 해오는 김에 저희 동기들 것도 같이 조사해봤어요.
역시 송참새, 성실하고 덩칫값 하네!
….
잘했어, 참새야. 그럼 여기까지만 회의하고 흩어지자.
나는 이거 보고 각자 메일로 쏴 줄 테니 확인들 하고.
네~.
그럼 다들 해산!
우르르
으! 추워!
야, 참새야. 너 가디건 좀 벗어 줘라.
넌 살이 많아서 별로 안 춥잖아.
ㅋㅋ
ㅋ
ㅋ
야, 너 왜 그래. 참새한테.

아하하하….
하하하….
그래, 너희
왜 그러냐?
말 그렇게 하지 마.
추운 건 다 똑같지.
응?
어…. 저기
저는 괜찮은데.
본인이 괜찮다잖아요.
농담인데요, 선배.
그래도
그러는 거
아니야.
너 이 녀석,
남아서
대장 정리 좀
도와.
선배….
잘가~♡
나를
편들어줬어,
고맙게.

아 참.
오늘 봐야 할 참고서를 동아리방에 두고 왔네.
독서부
두런
두런
선배 왜 송참새 편 들고 그래요?
농담한 거 민망하게.
BOOK
착하잖냐. 솔직히, 책임감도 있고.
너네 2학년 애들 다 개인적이잖아. 참새 없으면 우리 동아리 안 돌아가.
….
선배, 그럼 참새랑 사귀시든지요. ㅋㅋㅋ
뭐?

그건 좀 아니지.
드르륵
어? 차….
참새야.
안 갔어?
네, 뭘 좀
두고 가서요.
어딨더라….
아, 여기 있다, 참고서!
저 그럼 갈게요.
수고하세요~.
수학 참고서
…들었을까?
에이,
들었으면
저럴 리가요?

과외
화난다.
나는 몸짱이 되고 싶은 게 아니야.
예뻤으면 좋겠다. 예쁘지 않으면 날씬하기라도 했으면 좋겠다.
그냥 보통 사람처럼 살고 싶은 거야.
혼자 다이어트를 하고 있지만,
비만에서 벗어나기까지 버텨야 하는 시간이 너무 길다…….
송참새 회원님.
12주면 비만에서 벗어날 수 있습니다!
참새는 집에 돌아가는 내내 저스틴의 말이 자꾸만 생각났다.

안녕하세요,
회원님!!
오늘도
같은 시간에
오셨네요.
!
네,
안녕하세요.
저스틴
선생님….
호의는
감사하지만
아직은….
그럼 오늘도
열심히
하세요!!
파이팅!!
열심히 하는
회원에게는
상냥한
저스틴.
어떻게든
저 혼자서
해볼게요.
PT 비용까지는
감당할 수가
없어요.
주섬 주섬
안녕,
참새야!
아, 언니.
오셨어요?
MAKE
YOUR
Body
그래도 헬스장에 오면
수지 언니가 있어서 좋아.
나의
롤모델…
?
톡
톡
짠!!
!!

어…. 언니,
이게 뭐예요?
메이커잖아요.
비싸 보이는데.
XL
지난번에
내가 말실수
했던 게 너무
미안해서…
나 필요한 거
사면서
같이 산 거야.
부담 갖지 마.
학교에서
상처받았던 게
다 치유되는
느낌.
언니….

언니는 정말 좋은 사람이에요….

근데 안 맞네요,
옷이….
왜 옷을 선물받아도
입지를 못하니….
웡
웡
웡
웡
작아요,
옷이….
저기….
참새야,
미안….
아, 아뇨!
제가 더!
뚱뚱한 게
속상하다.

얼른 살 빼서
수지 언니에게
선물받은 옷
꼭 입어야지.
꼭!!
언니, 전
헬스장 오면
언니가 있어서
좋아요.
나도.
함께 하는
운동의 즐거움.
빡
하아
하아
하아
하아
웅 웅 웅
옛날에 내가
제일 좋아하는
기분은….
배가 부른
기분이었는데.
ㅋ ㅋ ㅋ ㅋ ㅋ ㅋ ㅋ ㅋ ㅋ

언제나 배가 불러 빵빵해질 때까지 먹고
기분 좋은 포만감을 느끼다가 졸음이 쏟아지면 그대로 자고.
NACHO
다음날 기름지고 빵빵한 얼굴을 봐도 원래 그러려니….
하아…
또 부었네…
하지만, 이제 그렇게 계속 더부룩하고 허리띠가 졸리는 느낌은 싫어.
요즘 내가 좋아하는 기분은 적당한 심장의 두근거림과
예전보다 가벼운 다리의 느낌.
이렇게 달릴 수 있는 몸이 내 것이라는 게 행복해.
다리가 아프다거나 머리가 어지럽지도 않아.

땀이 나고, 숨이 찬다는 건…
진짜 '살아있는 느낌'이 아닐까?
나는 살아있다.
살아있다…!
오늘 운동 끝!!
후아
후아
후아
개운해…!
운동 후의 개운함 정말 좋아!
쏴아아아
오늘도 진짜 열심히 산 기분!

예전에 난 팔이 참 짧은 편이라고 생각했었는데.
짧은 팔이 아니었어.
살이 빠지면 팔도 길어지는구나.
오늘따라 왠지 더 날씬해 보이는데?
NEW
쏴아아
선생님이 체중은 자주 재지 말라고 했지만….
오늘은 몰래 한번 재보자.
히히

길게만 느껴졌던
74kg 정체기…!
그리고 70kg
세트 포인트
… !!
그리고
지금.
68.2
68.2
지방을 덜어내는 표현에 관해선
여러 가지 비유를 할 수 있다.
그 중
하나인
물.
수조에서 물을
한 컵씩 퍼내는 것.
이것이
고도비만의
다이어트다.

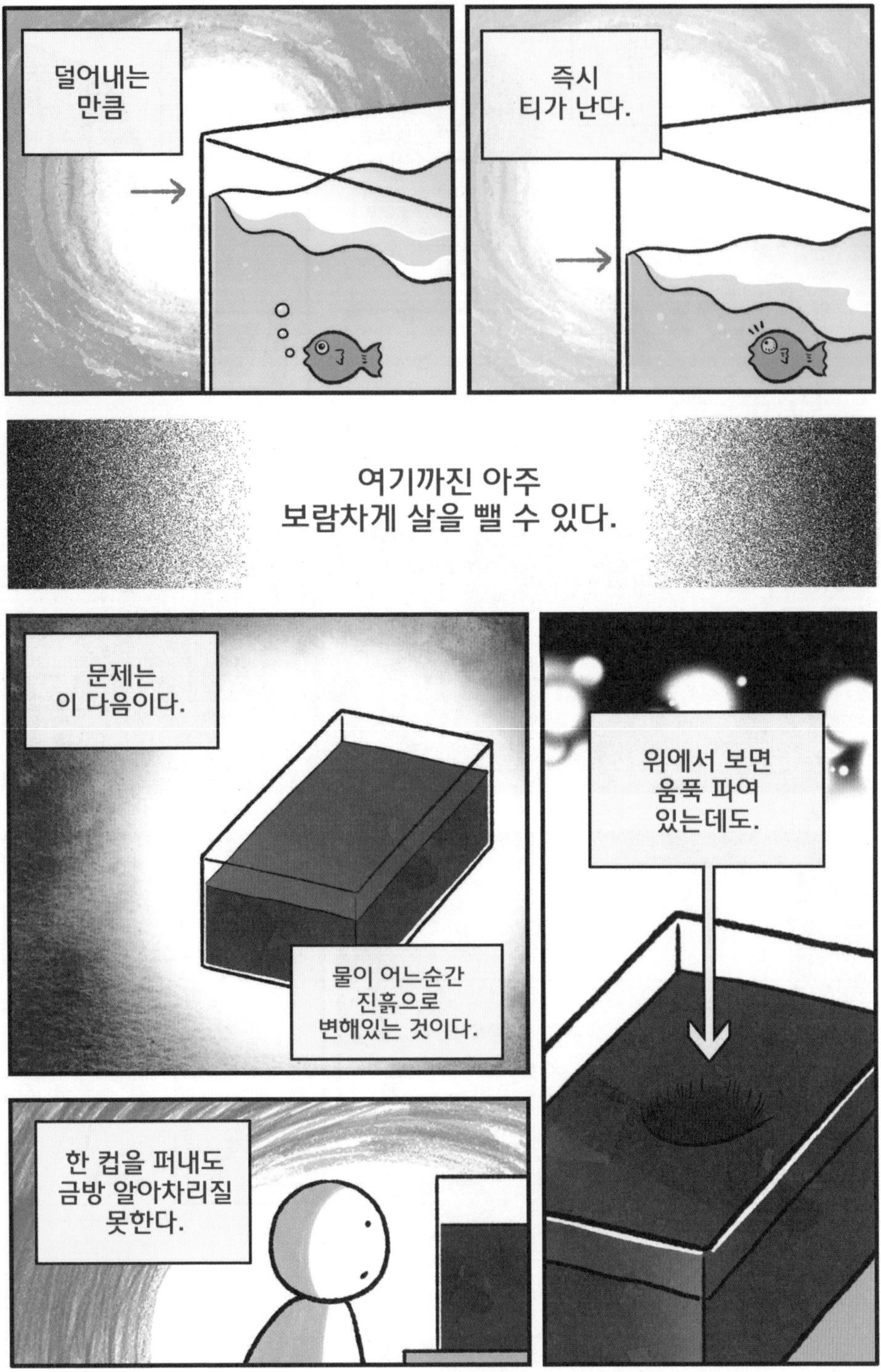
덜어내는 만큼
즉시 티가 난다.
여기까진 아주 보람차게 살을 뺄 수 있다.
문제는 이 다음이다.
물이 어느순간 진흙으로 변해있는 것이다.
위에서 보면 움푹 파여 있는데도.
한 컵을 퍼내도 금방 알아차리질 못한다.

퍼낸 진흙의
빈자리는
주위의 진흙들이
천천히 메워간다.
꾸물
꾸물
꾸물
꾸물
꾸물
꾸물
바로 이 시간을
많은 사람들이
힘들어한다.
쉽게 이해되지가
않는 것이다.
체중과 몸매의
시간차가.
CASE 1 한창 빠지고 있을 때.
뭐?
그만큼이나
빠졌다고?
정말?
진짜야,
진짜!
CASE 2 몇 주 동안 안 빠져서 우울해 있을 때.
와, 너 살
빠졌구나?
아닌데…?
그대론데…?
그래서
이런 상황이
일어난다.
정체기나 세트 포인트는 몸이
체중에 맞게 변화해가는 과정일 뿐.
수지의
오랜 기다림은
결코, 무의미하지
않았다.
그렇게 수지는
앞자리 7에서
드디어 탈출했다!

6. 심리를 이용한 다이어트 방법 上

– 115쪽에서 이어서

작은 그릇을 쓰자

뷔페에서 작은 그릇을 나눠준 그룹과 큰 그릇을 나눠준 그룹을 비교하면 후자가 훨씬 많은 양을 먹는다고 합니다. 접시 크기와 음식 섭취량은 거의 정비례한다고 하네요. 사람들은 식사할 때 정확하게 양을 측정해서 먹지 않습니다. 그저 '내가 대충 이 정도 먹지 않았을까?'라고 생각하는 것입니다. 음식 섭취는 생각보다 훨씬 자동적이고, 심리적인 요인에 많은 영향을 받는 것입니다.

이 방법은 집에서 밥을 먹을 때에도 이용할 수 있습니다. 작은 그릇을 이용하면 그만큼 밥이나 반찬을 덜 먹게 됩니다. 밥그릇을 바꿀 때는 간장 종지만 한, 진짜로 조그맣구나, 라는 정도의 작은 것을 선택하세요. 거기에도 생각보다 많은 양이 들어갑니다. "이걸로 정말 덜 먹게 될까?"라고 의심의 눈초리를 보내는 다이어터도 있을 겁니다. 그러나 기껏해야 그릇 바꾸는 일입니다. 한번 시도해 보셔도 손해 볼 것은 없잖아요?

조리가 필요한 음식을 선택하자

한 국가의 비만율이 높아지는 것은 패스트푸드의 확산과 정비례합니다. 간단하게 먹을 수 있는 만큼, 쉽게 먹는다는 것이죠. 따라서 조리가 쉽지 않은 음식을 집에 놓는 것이 좋습니다. 가령 라면은 한 번에 많이 사놓지 말고, 필요한 만큼 그때그때 구입하세요. 그러면 야식을 포기하거나, 최소한 편의점까지 걸어가는 칼로리만큼은 추가로 소비하게 될 겁니다.

딱 붙는 옷을 입자

미국의 교도소 음식은 형편없다고 알려져 있습니다. 그런데 재소자들을 조사한 결과, 이들이 출소할 때면 체지방률이 치솟아 있었다고 합니다. 이유를 추적해보자, 그들이 입는 옷과 관련이 있었다는데요. 미국의 죄수복은 점프수트라는 윗도리와 바지가 일체가 된 형태입니다. 생활하기 편하게 품이 넉넉하다고 합니다. 교도소의 생활은 심심하기 짝이 없고, 맛이 있든 없든 식사는 중요한 즐거움 중 하나입니다. 앞에서 말했다시피 음식 섭취는 상당히 무의식적으로 이루어집니다. 만약 죄수복이 타이트하다면 허리가 꽉 껴서 "어? 살이 쪘나보네?"라고 금방 인식하게 될 겁니다.

물론 몸매에 자신이 없어서 일부러 넉넉한 옷을 입는 분도 있겠지요. 그러나 그런 옷을 입는다고 몸매가 가려지지는 않습니다. 그래도 자신감이 생기지 않는다면 집 안에서라도 타이트한 옷을 입어 보세요. 타이트한 옷은 좋은 경보기가 됩니다.

음식을 보이지 않는 곳에 둔다

간단한 장애물이라도 앞에 놓으면 그만큼 음식을 덜 섭취하게 됩니다. TV 앞 탁자에 마음껏 먹을 수 있는 과자를 항상 올려놓으면 아무 생각 없이 먹게 될 겁니다. 가능한 한 음식은 찬장에 넣어두든가, 눈에 띄지 않는 곳에 둡니다. 먹는 데 약간이라도 더 노력이 필요하다면 그만큼 섭취가 줄어듭니다.

– 180쪽에서 계속

청결한 헬스장을
위한 소리.
딱
위이이잉
빨리 네온비를 부려 먹을 날이 와야 하는데.
자꾸 양말 개수가 비네.
서 코치가 가져가나?
SPORTS
쓰약
쓰약
코치님!!
네, 회원님. 무슨 일이죠?
저, 팔뚝 살 빼는 방법 좀 알려 주세요.
위이이잉….
그런 건 없어요. 지방을 한 군데만 골라서 뺄 수 없거든요.
지방은 전체적으로 퍼낸 다음에 마치 진흙처럼…
시간과 노력이…
…아, 네….
이코치님, 팔뚝 살 빼는 방법 아세요?
이 운동을 해 보세요.
어?
역시, 이 코치님!!
….

그 부분만
잘라내지 않고서야
어떻게 팔뚝 살만
뺄 수가 있지?
말도 안 돼!!
그런 방법은 없어.
저스틴이 지금
사기 치고 있는
거라고…!!
탈의실
저스틴!!
왜 말도 안 되는
소리를
하는 거야?
네?
해당 부분의
근력 운동을 해 주면
근육이 탄탄해지고,
시간이 지나면
사이즈가 줄잖습니까.
양말은
대여품입니다.
가져가시면
안됩니다.
그럼 거기 살이
빠지는 거라고
생각해도 되죠.
허….
FITNESS
아니, 그래도
지방이 빠지는 거랑은
다르잖아…!
…서 코치님,
그건 나도
아는데요.
그렇게 회원님들께
말해봤자
안 좋아해요.
잘 귀담아
듣지 않구요.
꾹
꾹
그러니…크게
상식에 어긋나지
않는 선에서,
그 회원이 듣고 싶어하는
대답을 하는 거죠.

먹고 싶은 건 다 먹어야겠고, 살도 쉽게 빼고 싶으니까 언제나 사람들은 새로운 운동 방법이나 솔루션을 원합니다.
이미 알고 있는 것을 실천하기만 해도 되는데요, 그쵸?
모든 회원이 신수지 회원님처럼 말하면 딱딱 듣고 받아들이는 게 아니라는 말입니다.
아는 대로 알려주면 대부분 실망하는 거 이미 잘 알잖아요?
큰헬스장
큰 헬스장
저스틴의 말이 무슨 뜻인지는 알지만…
SPORTS
그렇다고 대충 할 순 없지.
감량전쟁
재방송
채널고정!!
인기 최고 "트레이너 캐"의
신개념 3분 복부운동법이 곧 공개됩니다!

일어날 때, "다이!"
누우면서, "어트!"
감량전쟁
다이어트를 소리 내 말함으로써 초심을 유지하는 거죠.
이 운동으로 올여름엔 비키니 수영복에 도전하세요!!
다이!!
어트!!
다이!!
어트!!
오오, 저희도 함께 해 볼까요?
하하하
따라 해 보세요!!
트레이너 캐만의 특별한 운동법!!
사실 특별할 것이라곤 없는 동작인데 몇 가지 추가해서 자기가 전부 새롭게 개발한 운동법처럼 광고를 하는군.
삑
저건 그냥 크런치잖아.
그나마 운동은 따라 해도 손해 볼 게 없지만,
먹으면 빠진다!!
2주간 10kg 감량 가능!!
이런 광고는 정말 조심해야 해.
지금 당장 전화하세요!!
000-000-0000
주문 폭주

뚜루루루
낚았다, 낚았어!
호갱님의 전화를 받아라!!
네!! <다이어트 짝짝짝짝> 말씀이시죠?
뚜루루루
뚜루루루
뚜루루루
…정말 2주에 10kg 가능하나요? 정말로??
일단 써 보시고 말을 하세요.
안 써봤으면 말을 하지 마시고요.
그럼 살게요.
ㅋ ㅋ ㅋ ㅋ ㅋ ㅋ ㅋ
물론 대부분 광고처럼 되지 않는다.
그러고도 이런 제품이 계속 팔리는 이유는….
네? 효과가 없다고요?
그건 고객님 잘못입니다.
관리를 잘 하셨어야죠.
주르륵
그걸 당연하게 납득하는 소비자.
잘 되면 내 탓, 안 되면 네 탓….
정말 장사 편하게 하는군.
티비 끄고 침낭에서 자요.

하지만
난 달라!!
일단 GX로
회원들에게
인정받자.
네온비 관장도
내 프로그램이
나쁘지 않댔어.

열심히 해서 성공한 다음
네온비와 저스틴을 청소시킬 거야!!

큰 헬스장
큰 헬스장
자!! 8시부터
GX 수업
시작합니다.
받으실
분들,
들어오세요!
G.X
SPORTS

지난번보다
어쩐지 사람이
줄어든 것 같은데
기분 탓인가….
준비운동
부터
갑니다.
잘 따라
하세요!
SPORTS

하나 -
둘 -
셋 -
넷 -
다리 근육이 발달되죠.
네?
술렁…
술렁
이제부터 할 운동 이름은 런지고요. 이렇게….
그거 하면 다리 살 빠지나요?
나 지금 여기서 더 알 생기면 안 되는데.
시무룩…
나도 그래서 일부러 유산소만 하는데….
?
여러분, 근육은 많을수록 좋은 거예요. 왜냐면….
아, 여보세요? 응응, 나 운동 중. 뭐라고?
….
설명은… 어… 그럼 다음에 하고….
NO SWEAT, NO SWEET
운동을 시작할게요.

째깍
째깍
째깍
G.X
우르르르
운동 되긴 하는데 좀 지루하지 않나?
난 이제부터 월수금만 들어와야지.
저스틴 선생님이 더 좋아.
선생님, 매트 정리 도와 드릴게요.
어, 고… 고마워.
….
저기… 내 수업 재미없어?
음… 나쁘지는 않은데….
저스틴 수업은 항상 꽉 차있던데.
… 제 생각을 말씀드려 보자면.
저스틴 선생님은 확실히… 좀 더 전문가 같은 느낌 이랄까…?
전문가?
듣기 좋은 소리만 해 주는 게 전문가란 말이야?
내가 알려주는 게 더 정확한 건데…
큰헬스장
큰헬스장
왜 받아들이질 않지?

수지나라의
앞자리가
6이 되면서부터
근육들을 위한
시설들이 생겨나기
시작했다.
끼익
끼익
테마파크 개장!
와아아
Welcome to
MUSCLE
LAND
어린
근육이한텐
이 삐에로가
뭘 만들어
줄까~?
지방?
지방 좋아하니?
지방은
싫어요!
하하
뽀깅
뽀깅
짠
와아…
행복한 추억을
만들어가는 근육들.
그에 비해….
수군
수군
수군
수군
요즘 대장님
진짜 이상한데….
우리도
줄 잘 서야
하는 거 아닌가?
어휴….
대장이
저래서야
지방의
미래는 누가
책임진단
말이오….

부하들의
신뢰를 잃어 가는
지방대장.
대장님….
여기, 대장님이 좋아하시는 돈입니다.
짤랑
짤랑
됐어…. 넣어 둬.
대장님, 그럼 식사라도.
됐어….
대장님, 그럼….
화사하게 꽃은 어떠세요? 기분전환 겸.
뭐? 꽃? 웬 꽃이냐?
저기…. 숲에서….
뭐??!!
감히 지금 어디서 가져온 걸 내 앞에 들이대!!

군소리
안 하고
가만히
있으니까!!
나를 지금
바보로 아는
거↗ 야!!↘
쿵
쿵
쿵
쿵
하지만, 이렇게라도
기운을 차린 모습이
셀룰은 반갑다.
대장님.
요즘 왜 그러시는
겁니까….
빨리 정신을
차리셔야죠.
고민이 있으시면
말씀을 하세요.
그래야 저희도
안심하고 대책을
마련하지요.
혼자 그렇게
끙끙 앓고
계시면….
….
그런 게 아니야…!
차라리 고민 따위면
좋겠는데…!
나도 모르겠어.
뭔가 다 무기력해!
근육 마을을
들쑤셔 놓는 일도
귀찮고.
뭐라고요…?
오히려 지금은….
길에 떨어진 쓰레기를
줍고 싶기까지 해.
분리수거도 하고 싶고….
내가 대체
왜 이러는 거지…?

변하는가.
수지나라는….
이제 변할 수밖에
없는가….
난 말야.
훌륭한 근육이
될 거야!!
완전
소원이었어!
응….
그래그래.
열심히 해봐.
나도 멋진
근육님이
되고 싶다.
근육님이….

러블리♥
예쁜 옷
BAG
SALE
힐끔
힐끔
옷 보시게요?
편하게 구경하세요.
뚱뚱 → 통통의
범주로 넘어온
수지.
네?
아, 네!
Accessory 2,000
SALE 20%
편하게
구경하래!
별 것 아니지만
수지가 정말
듣고 싶었던
말…!
이… 이거
걸쳐봐도
되나요?
그럼요.
그럼요.
붕붕붕
기분 좋아!
난 60kg대
여자!
자신감
UP.
근데 몸이 좀
이상하게
으슬으슬하네….
오늘은 운동
쉬는 게
좋겠다.
…아. 그래.
오늘 쉰다고?
알았어.
….
낑
낑

여성 회원님은 이런 거 섣불리 들다가 다치십니다.
열심히 하는 회원에게는 상냥한 저스틴
싱긋
제가 해 드릴게요.
코치님 너무 멋있어요….
혈액형이 뭐예요?
애인 있으세요?
하하하, 감사합니다.
….
영업이 몸에 뱄구만, 뱄어! 이 자식!!
트레이너냐! 호스트냐!
자, 이제 곧 GX 수업을 시작하겠습니다.
G.X
FITNESS
와아아아!!
우르르
저스틴!! 저스틴!!!
….
슥

하하하
하 하하 하
뭐야….
내 수업과 크게
다르지 않은 것
같은데….
왜
저스틴
수업은
아무 말 없이
따라하고….
…?
뭐야?

오늘 일이 있어서
먼저 가보겠습니다.
뒷정리 부탁해요.
예!
….
크흠
큼
으흠…
흠…
헬스장
영업 종료.
큰헬스장
수고
하셨습니다.
….
….
척
척
척
척
척
뭡니까,대체?
거참 아까부터
신경쓰이네!!
….
수업 할 때도
힐끔힐끔
쳐다보고!
…?
잠깐 좀
따라와 봐.

사이가 안 좋은
저스틴과 찬희.
우동 쭈꾸미 꼼장어
이 자리가 서먹
하기만 하다.
뭡니까
불러놓고.
….
찬희는 과연
무슨 말이 하고
싶은 걸까.
크으…
SPORTS
저스틴.
이 사기꾼아.
니가 그렇게 GX를
잘해?
아니??!!
갑자기 시간
내달라더니
무슨
뜬금없는
소립니까!
미치셨나.
넌 적당히
되는 대로
가르치는
사기꾼이야.
전 적당히
가르친 적
없습니다.
한 번도.
최대한
희망적인
결과를
얘기하는
거죠.
우동 쭈꾸미 꼼장어
한 번도 제대로
현실을 말해준
적이 없잖아!

근데 왜 회원들은 너만 신뢰하는 거지?
…!
호오….
지금 나한테 조언을 구하려는 건가…?
서 코치 자존심에…?
처음 사무실에서 내가 했던 말 기억해요? GX와 PT의 차이.
알아. 그건 나도.
알면 뭐합니까.
이거 재미있군…!
서 코치님은 GX 수업을 하는 이유가 뭐라고 생각하시죠?
회원분들은 PT와 같은 효과를 얻기 위해서 GX를 하는 게 아닙니다.
지금 하는 운동이 어디에 좋은지 일일이 설명해 봤자 좋아하지 않아요.
그보다 중요한 건 '함께 하는 분위기'란 말입니다.
과정이야 어쨌든 일단 몸을 움직이게 만드는 게 중요합니다.
자세한 정보는 그 다음 문제예요.
찬희 씨는 운동을 시키기도 전에 너무 많이 걸러내잖아요. 아닙니까?
….

….
트레이너는 정확한 현실을 알려줄 의무가 있어.
쪼옥
솔직히 네가 하는 말은 다 사기잖아!
사기요? 그걸 왜 사기라고 생각하시죠??
쾅
아프지 않게 주사를 놔 달라고요?
바늘이 피부를 뚫고 들어와야 하는데 무슨 수로 안 아프게 주사를 놉니까?
하나도 안 아파요. 금방 끝나요.
아아.
과연 어느 의사가 환자에게 도움이 될까요?
으윽….
하나하나 원리랑 진실을 알려주는 거? 초보자에게요?
정확한 정보는 운동 초보자를 혼란스럽게 할 뿐이에요.
운동에 관심없던 회원이 운동을 시작할 수 있게 됐다면 그걸로 충분히 된겁니다.
동기부여가 제일 중요하다는 거, 아시겠습니까?
아니, 나쁜 습관은 뿌리부터 바로잡는 게 더 중요해.
재미가 없어도 그건 어쩔 수가 없어!

찬희 씨는 앞으로 맡게 될 수많은 회원 전부의 습관을 뜯어고칠 겁니까? 그런 게 가능할 것 같아요?
회원들을 가르칠 수 있는 시간은 어차피 한정돼 있어요.
그 한정된 시간 동안 최대치의 결과를 뽑아내야 하죠.
천천히 살을 빼도 불평 한마디 하지 않는 회원은 정말 흔치 않아요.
꼴꼴꼴
서 코치님은 운이 아주 좋은 겁니다.
제가 신수지 씨를 맡았다면 3~4개월 안에 완전히 감량시켰을 거예요.
쾅
빨리 빼는 건 좋은 게 아니야!
식단이 잠시라도 무너지게 되면 요요가 와버린다고!
엄격한 식단을 지키지 못하는 사람은 그만큼 절실하지가 않기 때문입니다.
절실하면 다 알아서 유지합니다.
그러니까 혼자서도 알아서 할 수 있도록 끝까지 옆에서 도와줘야지!
우리가 그런 것까지 책임져 줄 순 없어요.
찬희 씨는 그럼 모든 회원님과 몇 년씩 합숙해가며 전부 가르칠 생각입니까?
트레이너는 빠른 감량을 안전하게만 하면 됩니다!!

으으으
…!!
벌컥
한 마디도
안 지네,
이자식!!
…그래서…!
넌 말만 번드르르하지,
헬스장에서 어떤
성과를 냈어!?
우리 수지는
얼마나 잘하고
있는데!
난 무조건 너보다
좋은 트레이너다!
땍땍
시비 거는 거면
그만두시죠.
회원들이
저만
좋아하니까
질투하는
겁니까?
그리고 왜 자꾸
반말이에요.
싸가지 없이.
억울하면 너도
반말해!
동갑이잖아!
같이 격이
떨어지는 것 같아서
싫군요.
그렇게 격이 높은 사람이
송참새 회원에게
줄기차게 PT를
거절당하고 있네?
….
후욱
후욱
후욱
후욱

…송참새 회원은….
원더걸스
소희 닮았습니다.
살
빠지면요.
고도비만인
회원들을 많이
가르치다 보면
….
보입니다.
살 속에 갇힌 진짜 모습이.
전 누구보다 빨리
참새 양을 살 안에서
꺼내주고 싶은 겁니다.
서찬희 코치.
당신처럼 천천히
가르친다면
참새 양은
학창시절 내내
고도비만인 상태로
살아야 해요.
그 상태로 학창시절의
추억과 졸업사진이 남겠죠.
나중에 살이 빠지더라도
지나간 인생은 누가
보상해주죠?
너 어차피
참새가 PT
안 받을 걸
아니까 되는 대로
말하는 거지?
그런 말은
누구나
할 수 있어.
…제가 지금까지
성공시킨 회원님
사진첩이
몇 권이나 되는 줄
아십니까?
몰라!!
지난 사진은
못 믿어!
합성이지, 합성!
포토샵으로
조작한 거지!
과도한 알콜섭취는
판단력을 흐리게 한다.
하!! 참!! 역시
이런 멍청이랑
말을 섞는 게
아니었어!
!!
벌떡
전 이만
가겠습니다!
멍청이??
사기꾼 주제에
도망치지 마!!
도망
이라뇨!

꼭 돈을 받아야만 PT를 해줄 수 있는 건 아니잖아?
참새를 꺼내주고 싶다면 그냥 해주라고!
그래서 실력을 증명해 봐!! 그럼 될 거 아니야!?
….
전 프로입니다. 자원봉사자가 아니라고요.
돈 떼먹고 날랐다가 붙잡혀서 두들겨 맞고 어영부영 살 빼주는 걸로 퉁치려는 당신과는 다릅니다.
너 이 자식…. 지나간 얘기는 그만둬!
SPORTS
뭐야, 그러고 보니 사기꾼한테 사기꾼 소리를 듣고 있잖아? 어이가 없네.
그만해!
사기꾼!
그만하라니까!
사기….
투닥 투닥
이 자식!!
우동
쭈꾸미
꼼장어
큰 헬스장
큰 헬스장

POWER 지각.
다 큰 어른들이 싸우고 늦고.
죄송합니다. 관장님….
죄송요.
찬희 때문에 난생 처음 지각이란 걸 해 본 저스틴.
….
….
후우
후우
….
덥석

어…?
어…?
척
척
척
척
척
….
…네?!
PT를 무료로 해주신다고요?
네. 참새 회원님이 허락만 하신다면.
저야 좋긴 한데 왜 갑자기….
정말 무료인가요…?
우수회원 특별 이벤트 같은 겁니다.
다른 회원님들에겐 비밀로 해주세요.
네. 알겠습니다.
소곤
소곤
….
서찬희 코치. 똑똑히 보세요.
진정한 프로의 실력을…!

반은 오기, 반은 열정으로
참새의 무료 PT를 자처한 저스틴.
이후로 참새의 인생은
큰 전환점을 맞게 된다.

7. 심리를 이용한 다이어트 방법 下

– 152쪽에 이어서

10분만 기다려보자

식사 시간 외 야식을 먹거나, 간식을 먹고 싶을 때 발휘되는 식욕의 힘은 대단합니다. 생각할 틈도 없이 어느 사이 맛난 감자칩을 손에 들고 있는 식입니다. 그렇다고 그때 대단히 배가 고팠을까요? 십중팔구는 그렇게 배가 고프지도 않았고, 엄청나게 먹고 싶었던 음식도 아니었을 겁니다. 다만 배속에 다 털어넣은 후에 후회를 하게 되는 식이죠.

이것은 당연한 반응입니다. 식욕이란 대단한 욕구라서, 의지로 제어하려면 대단한 노력이 필요합니다. 심지어 "이것을 참아보겠어."라는 생각 자체가 반복되면 스트레스로 인해 오히려 폭식을 하기도 합니다.

무조건 먹지 않겠다는 생각은 뒤로 미루고, 약간은 접근 방식을 바꿔보세요.
"10분만 기다려보지. 그래도 진짜로 배가 고프면 이걸 먹겠어."라고 생각을 해보세요. 그리고 손목시계나 타이머를 이용해서 시간을 잰 후에 다시 판단을 해보는 겁니다. 이왕이면 위의 문구를 소리 내서 말해보는 것도 좋습니다. 어떤 때는 배고픔이 계속될 때도 있겠지만, 대부분은 식욕이 사라져 있습니다. 사람의 식욕은 매우 변덕스러운 욕구입니다. 만약 그렇게 해서라도 먹겠다는 생각이 들면 그때 약간 맛만 보도록 합시다. 그렇지만 식단일기는 잊지 말고 쓰도록 하세요.

사람들의 도움을 받자

"야, 네가 뭘 살이 쪘다고 그러니? 참으면 스트레스 받아서 살 더 찐다더라."
〈다이어터〉에서 수없이 나온 대사입니다. 보통 부모님이 이런 말을 많이 하시죠. 어떤 분들은 다이어트 한다는 자식의 의사를 무시하고 음식을 방까지 가져와서 입가에 들이밉니다. 비만은 일종의 가족병에 가깝습니다. 식생활습관을 공유하기 때문에 부모가 비만이면 자식도 비만일 가능성이 크다는 것이죠.

그렇지만 자식들에게 억지로 먹이는 부모가 꼭 몹쓸 짓을 하는 것일까요? 많은 부모님이 다이어트의 필요성이나 건강관리에 무관심합니다. 그런 분들에게
"나 오늘부터 다이어트 할 거야. 나 뭐 먹으라고 하지 마!"
라고 성깔을 부려봤자 부모님은 이해할 수 없습니다. 그저 불효자식을 향한 길에 한 걸음 더 다가갈 뿐입니다. 맛있는 음식을 즐겁게 먹는 게 인생의 낙이라고 여기는 분에게 막연하게 말해봤자 마음에 와 닿지 않습니다. 하지만 언제까지 홀로 다이어트가 가능할까요? 다른 식구는 기름기가 좔좔 흐르는 탕수육을 먹는데 혼자만 다이어트 메뉴를 먹는 게 지속 가능할까요?

부모님이나 동거인이 다이어트에 협력하지 않는 이유는 다이어터 본인의 탓도 큽니다. 다이어트를 선언하면서 비만은 질병이며 건강을 해친다는 이야기를 해보았나요? 혹시 가족이나 동거인의 건강에는 무관심하지 않았나요? 다이어트 환경을 조성하기 위해선 그들의 협력과 이해가 필요합니다. 그러기 위해서는 대화와 설득이 필수적이고요. 건강검진을 권하는 것도 좋은 방법입니다. 최근에는 보건소에서 간단한 건강검진을 무료로 받아볼 수 있습니다.

운동 파트너를 구해보세요. 같이 운동을 하고 계획을 짜면 더 지속적으로 운동을 할 수 있습니다. 의지력은 본인 자신이 아니라 외부에서 오기도 합니다. 트레이너에게 개인 교습을 받을 때는 홀로 운동할 때보다 더 효율이 높습니다. 그들이 전문가인 이유도 큽니다만, 운동을 규칙적으로 할 수 있게 된다는 점도 한몫 하지요. 운동 파트너가 있으면 혼자 할 때보다 규칙적으로 운동할 수 있습니다.

큰헬스장
큰 헬스장
윙
윙
윙
윙
윙
위잉
위잉
위잉
……. …….
으슬 으슬
이상하다…. 평소엔 할 만했던 운동들이었는데….
왜 오늘은 10분도 못하겠지…?
너무 힘들어. 몸이 계속 안 좋은 것 같아.
선생님, 요즘 몸이 계속 안 좋아요.
오늘은 그만….
그래…? 왜 그러지? 무리 없이 하고 있는데….
병원에 한번 가 보는 게 좋겠다.
오늘 회사 끝나고 바로 가야겠다….
아아, 그러고 보니 정기검진 받을 때가 됐네요….
비만 때문에 꾸준히 병원에 다니던 수지.
어…?

월경 주기가 정상으로 돌아오려는 것 같군요.
네?
너무 비만이거나, 너무 저체중이거나, 스트레스를 받거나, 상태가 좋지 않을 때 흔히 겪는 증상이 불규칙한 월경 주기다.
으으…. 이번 달도 안 했네….
똑같이 운동해도 살이 덜 빠지는 원인이 되기도 한다.
월경 주기가 정상으로 돌아 왔다는 건
몸속 세상이 원활히 돌아간다는 신호탄과도 같은 것이다.
약을 먹거나 병원치료를 받지 않고도…!
내 힘으로 질병 하나를 고친 거야…!!
찌잉
그리고 또 하나, 여기 좋은 소식.
인바디 결과입니다.
슥

수지의 현재 체중은 67.7kg.
이제 수지 씨는 더 이상 비만이 아니에요.
과체중 단계로 넘어오신 거죠.
과체중…!!
유럽 쪽에선 이 정도면 정상 범주의 건강한 몸이라고 봐요. 무리 없이 감량하셔서 그런지, 60kg 초반대로 보이는군요.
부위별 체지방
표준이상
표준이상
몸통
표준 이상
표준이상
표준이상
□표준
✔과체중
□비만
□표준
✔경계
□복부비만
그럼…. 조금만 더 노력하면 제가 표준 체중도 가능하겠군요?
그럼요.
여러분!! 제가 비만이 아니라, 과체중이래요!!!
월경 주기도 정상이 됐어요!!
…라고 외치고 싶은 수지.
초등학교 때부터 <비만>이란 말을 낙인처럼 쭈욱 달고 다녔던 수지는 <과체중>이란 말이 그렇게 기쁠 수가 없었다.
이 기쁜 소식을 빨리 선생님한테…!!
아, 월경 얘기는 좀 그렇다.
그러고 보니….

옛날처럼 선생님이 엄격히 통제하지 않아도 스스로 잘 하고 있구나….
사기당했던 돈도 그동안 PT 받은 걸로 충분하고.
이제 슬슬 홀로서기를 시작할 때가 아닐까.
어차피 다이어트는 평생 지속하는 생활 습관이고, 선생님도 나도 각자의 길로 걸어가야겠지.
언제까지 서로에게 신세 질 순 없어….
…그래서, 이젠 굳이 합숙하지 않아도 괜찮지…. 않을까요?
….
선생님과는 헬스장에서 보면 되니까….
SPORTS
이게 갑자기 무슨 소리야!!
내가 지금 갈 데가 어딨다고!!

솔직히 요즘 신수지가 잘하고 있는 건 인정해!!
그래, 인정은 하지만 …!!
CASE 1
밖에서 자주 사 먹으면 속이 쓰려요.
그래?
싱겁게 먹는데 익숙해져서 바깥 조미료에 취약해진 수지.
SPORTS
CASE 2
좋아하는 거 먹는 날인데…. 남기는 거야?
네. 배가 너무 불러서….
양이 좀 줄었나?
내 입장도 좀 생각해줘야지…! 내가 저스틴한테 니 자랑을 얼마나 했는데…!
지금 나가라면…!
갈 곳이…!!
왜 왔냐?
짐까지 싸들고?
ㅋㅋㅋ ㅋㅋㅋㅋ ㅋㅋㅋ!!!
도리 도리 도리
안 돼!!

좋아, 신수지. 물론 지금도 잘 하고 있지만, 자만하지 마라!
과체중이 된 건 축하하지만 자칫하면 이대로 만족하고 끝일 수도 있어!
표준체중까지 난 널 책임지고 빼줄 의무가 있다고!!
ORTS
물론 니 옷을 허락 없이 판 거나 그런 건…! 잘못했어!!
갚을게!
…네….
수지는 당분간은 더 같이 있자고 생각했다.
딸칵
딸칵
찬희의 슬로우 다이어트 START!!
신수지….
키 163
체중 92
야, 이 자식. 일어나.
빵
일어나라구!!!

오늘은 날씨도 구리고 삭신도 좀 쑤시고, 헬스 안 가고 싶어요~!!
꿈질 꿈질
봄은 황사 때문에! 여름은 더워서! 가을은 천고마비! 겨울은 추워서!
맑으면 놀러 가고 싶어서! 흐리면 몸이 쑤셔서! 눈 오면 눈 와서! 비 오면 비 와서! 바람 불면 바람 불어서!!
철썩
철썩
철썩
평일은 피곤하다고!
주말은 쉬어야 해서!
휴일은 남들도 쉬니까! 명절은 명절이니까!!
언제 운동 갈래? 언제 운동갈 거냐고?! 일어나, 이 돼지야! 365일 핑계 만들 시간에 나가!!
아몬드 챙겨 먹는 것만 잘하면 저절로 살이 빠지는 줄 알아?
뻥!
크흑!!
움직여!! 좀 움직이란 말이야!!!
나가!! 일단 바깥에 나가봐!! 나가란 말이야!!
…그랬던 시절이 엊그제 같은데.
후후.
많이 변했구나, 신수지.
이렇게 변해가야 맞는 건데…. 근데 왜 이렇게 기분이 섭섭하지?
나와 신수지는 살을 다 빼는 시점에서 끝이겠지….

그렇겠지, 아마….
저스틴 선생님!
?
저…. 감사드려요. 봐주신다고 해서요.
아닙니다. 대신 제가 이끄는 대로 따라와 주세요.
저는 참새 회원님의 의지를 믿습니다.
…선생님. 고도비만인 사람들은…. 특히 여자는요….
학교를 졸업하고 취직이나 아르바이트를 하려 해도 잘 되질 않는대요.
….
취직이 되지 않는다는 게 어떤 걸 뜻하는지 생각해 본 적이 있는데….
고도비만 여성에게는 최소한의 생존조차도 허용되지 않는 사회….
그런 사회에서 부모에게, 남에게 기대서 살 수밖에 없는 인생의 주인공이 되고 싶지 않아요, 저는…!
그러니까 전….
최선을 다할 거예요!!

시…
작!
참새의 첫 수업.
하나, 둘, 셋, 넷….
다섯, 여섯, 일곱, 여덟 ….
체력테스트.
좋아요. 1분 됐습니다.
후아
혼자서도 꾸준히 운동을 해 왔기 때문에 체력은 크게 나쁘지 않은 편이었다.
OFFICE
저스틴은 다행이라고 생각했다.
목표는 4개월 동안 30kg.
어… 저… 그렇게 빨리 빼도 괜찮을까요?
한달에 거의 8kg 정도씩 계속 빼야 되는건데…
빨리 뺀다고 무조건 나쁜 게 아닙니다.
현재 회원님의 체중을 생각하면 충분히 가능한 목표예요.
169cm에 67kg…!
현재 97kg인 참새에게는 꿈의 몸무게다.

참새 회원님은 키가 있으니까, 67kg만 되셔도 엄청나게 바뀔 거예요.
회원님이 만족하는 수준까지 빼시려면 기간이 좀 더 필요하구요.
보통 키에서 100을 뺀 숫자와 체중이 비슷해지는 순간부터 사람들은 더는 비만으로 인식하지 않아요. 약간 통통한 정도로 보이니까요.
운동하는 동안은 조금 힘들겠지만 잘 견뎌 주시리라 믿습니다.
그렇다면… 빨리 빼는 운동법은 어떤 게 있죠?
제가 혼자 하던 운동이랑 많이 다른가요?
…….
사실대로 말씀 드리자면.
<빨리 빼는 운동>과 <천천히 빼는 운동>이 칼같이 구분된 건 아니에요.
힘든 운동과 쉬운 운동의 차이죠.
같은 운동을 하더라도 낮은 강도로 적당히 하면 천천히 빠지는 거고,
힘들게 운동하고 철저히 식단을 지키면 빨리 빠집니다.
단순한 겁니다.
귀 기울여 듣는 참새에게는 상냥한 저스틴.

누구나 목표는
같습니다.
가는 길도
똑같구요.
똑
똑
근력
유산소
보통은 천천히
걸어가지만…
우리는
뛰어가는
겁니다!

운동은 크게 두 가지가 있습니다.
근력 운동과 유산소 운동.
보통은 근력 운동 후 유산소 운동을 하는 식으로 구분해서 사용하죠.
하지만 우리는
우르르
다양한 근력 운동과 유산소 운동을 사이사이 섞어서 프로그램을 짜고,
위이이
이이잉
쉬지 않고 한번에 가는 겁니다.
시간 단축하기에 최고죠!!
벌컥 벌컥
이것이 서킷 트레이닝이다.

<서킷 트레이닝>

근육 성장과 지방 감량 효과를
동시에 얻을 수 있는
다이어트에 적합한 운동.

운동과 운동 사이에 휴식을 두는
웨이트 트레이닝과 달리
여러 운동을 한 세트로 묶어서
쉴 틈을 주지 않는 것이 다르다.

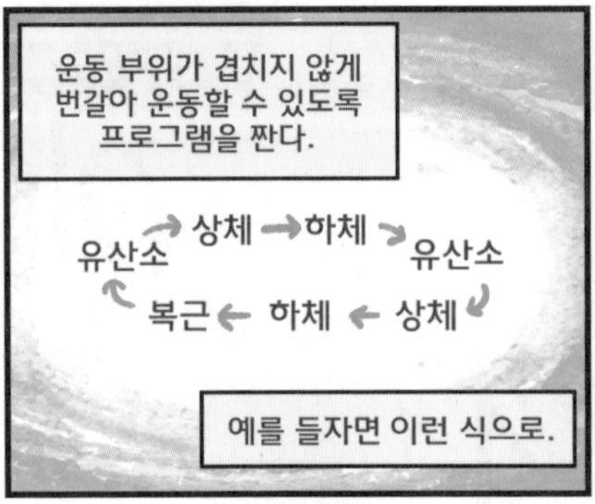
운동 부위가 겹치지 않게 번갈아 운동할 수 있도록 프로그램을 짠다.
유산소 → 상체 → 하체 → 유산소
상체 → 하체 → 복근 → 유산소
예를 들자면 이런 식으로.

운동 기구가 없어도 살을 빼는 데 효과적이기 때문에 빡센 다이어트 영상에서 소개되는 운동이기도 하다.
원 모어!!
원 모어!!
원 모어!!
으악!! 돌겠네!!
헥
헥
헥
그만해 망할 놈아!!
쿵덕
쿵덕
효과가 좋은 대신 욕이 절로 나오는 경험을 하게 된다.

난 못해….
그냥 치킨이나 먹어야지….
못하겠어….
으흐흐….

초보자는 본격적인
서킷 트레이닝을
시행할 체력 자체가
없는 경우도 많다.

그렇게 힘든 운동을 매일 하나요?
아뇨. 일주일에 3번, 원하시면 4번 정도만.
쉬는 것도 다이어트에 중요하니까요.

그럼 운동 얘긴 여기까지 하고….
그동안 써오셨다는 식단일기를 좀 볼 수 있을까요?
아, 네!! 여기….
수지의 권유로 식단일기를 쓰고 있던 참새.

6:10
쌀밥 1공기. 김치. 감자채볶음. 장조림. 깻잎
12:15
(급식) 쌀밥. 오징어무국. 김치. 어묵볶음. 잡채
2:50
단팥빵 한개. 사이다.
6:00
삶은 계란 1개. 토마토 1개
6:15
쌀밥. 깻잎. 오징어젓갈. 깍두기. 김치국
12:10
차조밥. 선지국. 고구마맛탕. 명태포볶음. 미역초무침
2:50
단팥빵 반개. 사이다
6:00
삶은 계란 1개. 토마토 1개
팔랑…
저녁 6시 이후로는 아무것도 안 먹었어요.
모두 짠것 아니면 거의 다 탄수화물뿐….
이 터무니없이 적은 저녁식단은 뭐지.
그나마 다행인 것은 학생이기 때문에 일정한 시간에 식사를 한다는 점.
…송참새 회원님. 취침시간은 언제죠?
보통 1시나…. 2시쯤인 것 같아요.
보통의 다이어터들 사이에선 저녁 6시 이후로 아무것도 먹지 않는 게 다이어트의 룰처럼 되어 있지만…
그건 밤 10시쯤 자는 사람을 기준으로 했을 때 이야기고요.

송참새 회원님의
경우는 7시간 이상이나
공복 상태를 견딘 다음
자야 한다는 이야기가
돼요.
아….
그 과정에서
야식을 먹거나
폭식을 하게 될
가능성이 크고요.
취침시간을
고려해서
4시간 전까지는
드셔도
상관없어요.
중요한 건
소화를 시키고
자는 거니까.
이 식단일기는
음식의 종류, 양,
비율에 전부
문제가 있어요.
특히 탄수화물이
너무 많군요.
대신 지방은
별로 안
먹는데요….
지방만 피하면
좋은 식단이 될 거라
생각할 수도 있지만
그렇지 않습니다.
취이이~
탄수화물
여러분!!
언제까지
기다리실
건가요?
이미 몸에서
쓰이지 않은 여러분은
그냥 잉여예요, 잉여!!
그럴바엔
저희 지방군이
되십시오!
이 나라를 주름잡는
지방이 되겠습니까,
아니면 한날 똥덩어리가
되겠습니까!
뭐, 똥?
똥이
되는 건
싫어!!
나도!!
지방군이 되고
싶으시면 빨리빨리
열차에 타세요.
우르르
이게 마지막
열차니까!!
여기 참새님의 체중과
운동 강도를 고려해서
구성한 최적의
식단입니다.
일주일 단위마다
새로 드릴게요.

몸속에서 쓰이고 남은 탄수화물은 지방이 된다.
지방을 섭취하는 것과 같은 것이다.

운동을 하는 건 하루에 길어야 2시간 남짓이지만 운동을 하지 않는 시간은 20시간이 넘습니다.
그만큼 식단이 중요한 거죠.
네…
살을 빼려면 이런 게 필요하긴 하겠지…!
어디….
저기…
저스틴 선생님.
네?
매 끼니마다 많은 돈을 쓸 수가 없어요.
그리고 시간도요….
파프리카를 곁들인 안심스테이크 150g
연어구이 200g
소고기 콩나물 밥
자몽 1/2
닭가슴실 100g
이 식단은 저에게 무리예요.
!!

완벽한 식단은 오히려 이상과 현실의 괴리감을 깨닫게 한다.
학생 입장에서 운동에 빠지지 않고 매일 챙겨 먹기는 너무 힘이 들어요.
시간이 너무 오래 걸려요.
집이 가난해서 식비에 많은 돈을 쓸 수 없어요.
저녁에 삶은 계란과 토마토를 먹는 것도 그동안 나름 노력한 거고요.
가족들이 인스턴트와 몸에 안 좋은 음식을 자주 먹어요.
채소는 빨리 상하니까 자주 조금씩 사야 하는데 시장이 너무 멀리 있어요.
파격 할인
₩
계산 착오시 상품권 보상제
집 앞 마트는 너무 비싸고요.
자몽하고 파프리카 대신 다른 거 먹으면 안 되나요….
사실 토마토 만으로도 가격이 부담되거든요.
용돈으로 사는 거라…
그것마저도 저만 먹을 순 없어요.
역시 토마토엔 설탕을 뿌려야 제 맛!
참새가 토마토 사다 놨니?
설탕
호호호.
참새야. 다음번엔 설탕 안 뿌릴게.
다이어트 하는 거 깜박했다.
아니…

그런 날엔 기분이 안 좋아요.
저녁 굶고 나가서 운동장 뛰고 줄넘기하면 다 빠져!
그깟 토마토. 먹을 수도 있는 건데.. 머리로는 이해하는데. 속상한 거예요.
열정은 있지만
총체적인 난국…!
가난.
가족들의 잘못된 식습관.
주변환경.
모든 것이 참새의 다이어트를 방해한다.
큰 헬스장으로 오기 전, 부유한 회원들이 많았던 헬스장에서 일한 저스틴.
TRANING CENTER
이대로 지켜주세요.
네.
가는 길에 들러서 사야겠네.
참새는 그들과는 다르다.
현실적인 조건을 무시할 수가 없는 것이다.

…좋습니다. 제가 드린 식단표는 그냥 잊어버리세요.
네?
돈이 많아야만 다이어트를 성공할 수 있는 건 아닙니다.
하지만 그만큼의 노력이 더 필요한 건 사실이에요.
참새 양이 앞으로 <살을 빼는 일>에 대해 완전히 집중을 할 수 있는지 묻는 겁니다.
OFFICE
네! 집중할 수 있어요!!
…좋습니다, 송참새 회원님. 그럼 이렇게 해보죠.
딩동
딩동
밥은 끼니마다 3분의 2공기만 드세요.
나머지 허기는 물이나 채소류로 채우시고요.
탄수화물의 비율을 줄이셔야 합니다.
양부터 줄여가도록 하죠.
찌개나 국물은 안 돼요. 건더기만 약간 드시는 건 됩니다.
다른 반찬도 최대한 싱겁게 드시고요.

간식은
완전히
끊으세요.
참새야.
매점 가자!!
으… 응.
친구들에겐 양해를 구하세요.
참새 님의 인생은 친구들이
책임져 주지 않습니다.
저기, 나
오늘부터
다이어트
해서….
같이 가서 먹는 것
그냥 구경만 할게.
아….
그래…?
….
그, 그럼 그냥
교실에 있어~.
우리끼리
갔다 올게.
참새 너
다이어트 중인데
괜히 방해하는 것
같고….
우르르
그… 그럴까.
식이조절을 잘해서
기분은 나쁘지 않은데.
왜 이렇게 혼자가 된
기분이 들지….
정 못 참겠다
싶으면
바나나
하나 정도는
드셔도
됩니다.
우물
우물

새빛은행의
점심시간.
새빛은행
날이 조금씩 따뜻해지자
사람들의 관심은 자연스레
다이어트로 쏠리게 되었다.
매년
반복되는
현상이다.
현미밥 정말
부지런히
싸 다니네!
예전의
수지
수지씨
정말 대단해.
이젠 뒷모습이
예전과 완전
달라.
난 1kg도
못뺐는데….
그동안 뭐 했지,
으흐흑.
수지의 고도비만 시절부터
쭉 함께했던 직장동료들은
수지가 마치 다이어트의
신처럼 느껴졌다.
모두가
수지를
부러워했다.
하지만.
반찬
리필이요~
와, 새로
오셨나 보다.
진짜
날씬하시네요.
아휴, 아니에요.
전 너무 말라서…
그러게,
정말
부러워요!
원래 살이
안 찌는
체질이라
고민이에요.
우와….
진짜 저런 체질이
있긴 있나 봐.
아, 정말
좋겠다.
평생
뱃살 접히는
기분 같은 거
모르겠지.
…
원래부터
날씬한 사람이
더 부러운 법.

체질
….
살이 잘 찌는 체질이라서
안 해도 되는 고생을 하는 것 같다.
마치 그런 기분.
정말 살 안 찌는 체질이란 게 있나 봐요.
마른 사람들도 고민이 있겠지만….
저도 그냥 칼로리 고민이나 성분 고민 같은 거 안 하면서 살고 싶어요….
먹고 싶은 걸 다 먹고 사는 삶이 부러워?
….
조금….
그건 마치 지뢰밭을 눈 감고 뛰어가는 것과 같아.
끝까지 안 밟고 지나가는 사람도 물론 있을 수 있어.

하지만 내가 밟지 않으리란 법 없지.
성인병의 원인 대부분은 잘못된 식습관 때문이니까.
그래도 남들보다 부지런해야 하고, 신경쓸 것도 많고 하루가 너무 빡빡해요.
365일 다이어터 니까….
수지야. 단순히 살을 빼는 사람만이 <다이어터>는 아니야.
마르든, 뚱뚱하든, 아프든, 건강해지기 위해 식이조절을 하는 모든 사람이 <다이어터>다.
모두 살아가면서 언젠가는, 어떤 이유든 식이조절을 하게 돼.
그걸 조금 더 일찍 시작한 거지.
안 해도 되는 노력을 하는 게 아니야.
지뢰가 있는 걸 미리 알고 있는 거야.
밟기 전에 조심하니까 좋잖아.

이게 어디서 또 누굴 보고 와서 염병을 하는 거야?!!
사람에 따라!! 열량을 많이 소비하고, 적게 소비하는 차이가 있을 수 있지만!!
노력해서 극복할 수 있어!
운동해! 운동!
철썩 철썩
이렇게 말할 수도 있는데.
핑계 대지 마!
갑자기 상냥해진 찬희.
…고마워요.
오늘따라 정말 상냥하네요.
식사도 다 차려놓고…
설거지도 다 돼 있고….
재활용 쓰레기도 다 비워져 있고….
집에 정말 먼지 한 톨이 없네요.
어…. 응….
다이어트를 성공하기 전까진 절대 쫓겨날 수 없지….
찬희의 집안일은 다시 초심으로 돌아왔다.
물론 아주 잠시뿐이겠지만.

다이어트는 식사와 운동일기를 꼼꼼히 기록할수록 성공 확률이 높다.
MEAL
TIME
나나 2개
우유 200ml
현미밥 2/3공기, 두부 1/4모
나물, 계란찜, 김치조금
나중에 살이 빠지지 않을 경우에도, 무엇이 원인인지 기록을 되짚어가면서 살펴볼 수 있기 때문이다.
식사인지, 운동인지,
휴식의 부족인지.
식이와 운동 모두를 기록하세요.
일어나는 시간, 자는 시간도 빠트리면 안 됩니다.
그리고 하루를 끝낼 때 느낀 점까지 모두 기록하세요.
기록이 어려우면 핸드폰 카메라로 먹기 전에 음식 사진을 찍으세요.
네.
그리고….
?
집에 디지털 카메라가 있나요?
네.
이건 약간의 충격 요법과도 같은 건데….
혼자 있을 때 본인의 모습을 동영상으로 찍어서 한번 보세요.

아마 낯설게 느껴질 겁니다.
퉁실
퉁실
…낯선 정도가 아니구나…. 누구냐, 너….
자신의 모습을 다른 사람의 시선으로 지켜보는 경험은 좋은 자극이 된다.
집에서 식사할 땐 식판을 사용하세요.
50%
엄마, 이제부터 난 여기에 먹을게.
그래라. 설거지 줄고 좋겠네.
밥은 3분의 2만…!
그래, 나물은 싱겁게 해달라고 했지?
어때?
…짜!!!

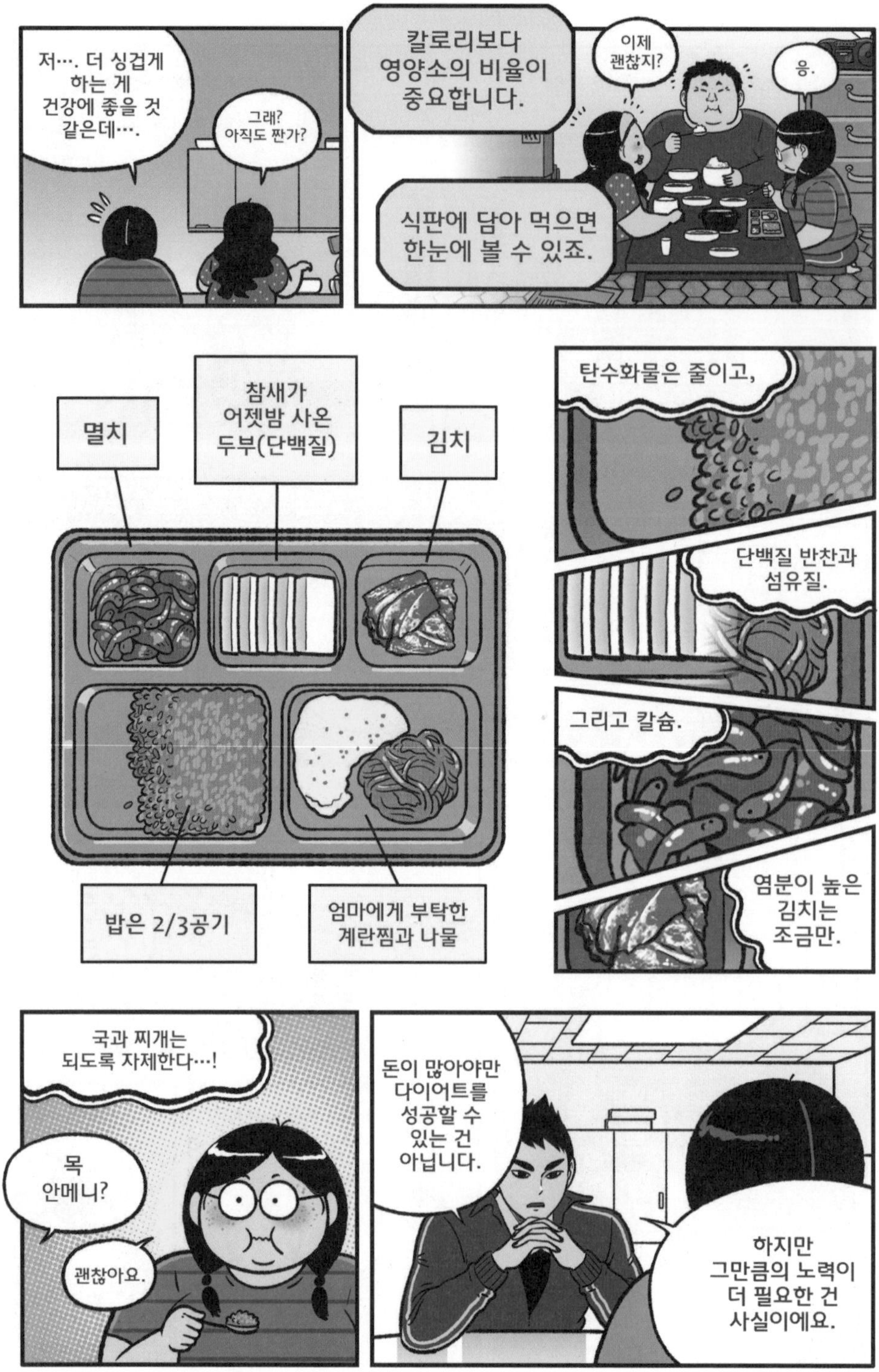
저…. 더 싱겁게
하는 게
건강에 좋을 것
같은데….
그래?
아직도 짠가?
칼로리보다
영양소의 비율이
중요합니다.
식판에 담아 먹으면
한눈에 볼 수 있죠.
이제
괜찮지?
응.
멸치
참새가
어젯밤 사온
두부(단백질)
김치
밥은 2/3공기
엄마에게 부탁한
계란찜과 나물
탄수화물은 줄이고,
단백질 반찬과
섬유질.
그리고 칼슘.
염분이 높은
김치는
조금만.
국과 찌개는
되도록 자제한다…!
목
안메니?
괜찮아요.
돈이 많아야만
다이어트를
성공할 수
있는 건
아닙니다.
하지만
그만큼의 노력이
더 필요한 건
사실이에요.

아침엔 학교까지 걸어가세요.
차비 아껴서 그 돈으로 좀 더 좋은 음식을 사 드세요.
평소보다 더 부지런해져야 합니다.
콩나물, 두부, 달걀, 바나나, 고구마는 크게 비싼 음식들이 아닙니다.
PT는 일주일에 3번이나 4번만 하겠지만 식사일기와 걷기 여부는 매일 검사하겠습니다.
후욱
후욱
후욱
후욱
고지식한 참새는 꾀부리지 않고 부지런히 걸었다.
비 오는 날.
쏴아아
5 – 518 – 6

철벅
비가 와도
걷는다!
철벅
철벅
철벅
투둑
툭
올해 여름에도 검은색 옷,
긴 바지만 입고 싶지 않아.
우중충
내일의 나는
오늘보다 더
예뻐지겠지.
수지 언니한테
받은 옷도 빨리
입고 싶고….
쏴아아
300
학교에서 받는
스트레스를
모아오세요.
아~
내일까지
영어단어
100개.
쪽지시험
본다.
공부할 거
너무 많아!
배고파!
끄응…
더워!
뚱뚱해!!

그 분노를 운동으로 푸는 겁니다!!!
구어엉어어!!!
1. 엎드려 팔 밀어 엉덩이 들기
물 흐르듯 부드럽게 웨이브를 탄다.
2. 볼 들고 제자리 뛰기
메디슨 볼을 들고- 없으면 적당한 무게의 아령이나 책도 OK.
상체를 약간 앞으로 숙인다.
상체를 좌우로 비틀며 제자리 뛰기.
30초 동안 빠르게 반복한다.
엄청난 파이팅…!
쉬는 시간 없이 바로 스쿼트로 들어갑니다.
으으..!!!
자 이번엔 버피 30초!
SPORTS
수지도 새로운 운동을 시작했다.
일로와 보렴!
네!

매달리기.
20초 * 3세트.
매달리기는 전신 스트레칭이 되며 정지상태를 유지함으로써 근육을 긴장시켜 운동 효과를 얻는다.
최대한 버틸 수 있을 만큼 버티면 된다.
으으으…. 몇 초나 됐나요?
23초!
큰 헬스장
큰 헬스장
매달리기!
폴짝
매달리기!
끼익
끼익
습관이 되면 어디든 매달리고 싶어진다.

나는 지금 발을 헛디뎌 절벽에 매달려 있다!
난 이제 끝이야…. 힘이 빠지고 있어…!
스스로 만들어낸 극한 상황에 몰입 중.
떨어지면 안 돼!! 놓칠 수 없어.
…
더 운동하고 가시지….
아뇨 …
위이이이이
가름해졌다.
신발도 왠지 커진 것 같아.
꼼지락 꼼지락
그 많던 살들이 대체 어디로 다 사라졌을까?
신기해.

8. 몸무게보다는 체지방과 근육량이 더 중요하다

반복적으로 다루는 내용이지만, 그래도 아직 감이 오지 않는 분이 계시리라 생각됩니다. 아래의 비교 그림을 함께 볼까요.

이 그림은 실제 사진을 대고 그린 것입니다. 이 여성분은 몸무게 57kg을 유지하고 체지방 지수를 19.6%에서 13.5%로 줄였다고 합니다. 체지방을 줄인 만큼 운동으로 근육량을 늘렸고요.

이러한 차이는 근육과 체지방의 비율 차이에서 옵니다. 같은 양의 근육은 체지방보다 1.3배 무겁다고 합니다. 따라서 〈다이어터〉의 독자라면 몸무게보다는 체지방과 근육량을 더 신경을 쓰도록 합시다. 체지방과 근육량을 측정하는 체중계도 비싸지 않습니다. 그보다 간단한 방법은 줄자를 이용해서 허리둘레를 재보는 것입니다. 그것으로 대략의 체지방 지수를 가늠할 수 있습니다.

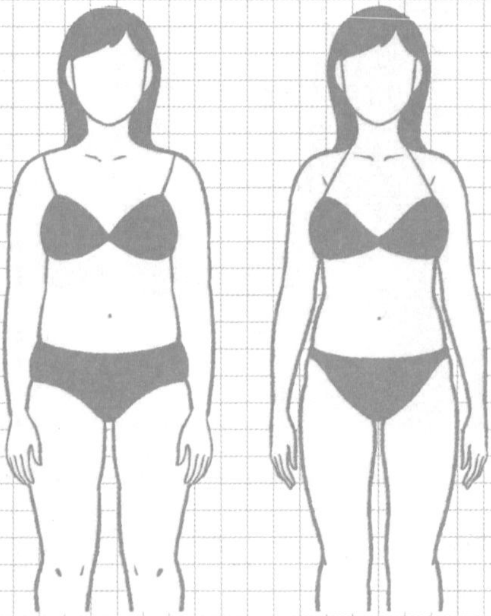

9. 생리와 운동하기 좋은 때

남성들에게 해당하지 않는 부분입니다.
그래도 이성 친구에게 잘난 척하고 싶은 남성분이라면 읽으셔도 좋습니다.

결론부터 말하면, 운동하기 가장 좋은 때는 생리 전 일주일 동안입니다. 그때부터 남성 호르몬인 테스토스테론의 농도가 진해지는데, 이 호르몬은 근육 생성을 촉진합니다. 반면에 생리가 시작되면 여성 호르몬인 에스트로겐이 강해지고 운동효율이 많이 떨어집니다. 운동효율도 문제지만 생리통이 심한 여성도 있고 출혈이 심하면 운동하기 어려울 수도 있습니다. 생리가 끝날 때까지는 무리한 운동을 삼가고 가벼운 유산소 위주로 운동하세요. 아니면 유연성을 증진하는 요가나 필라테스도 좋습니다.

생리통에는 규칙적인 운동이 큰 도움이 된다고 합니다. 생리 당일이 아니라 평소에 운동을 해야 한다는 뜻이니, 아픈 몸을 끌어안고 무리하게 헬스장에 오지는 마세요. 아플 때는 이유를 불문하고 쉬는 것이 최고입니다.

10. 비만과 생리불순

〈다이어터〉에서 수지가 비만 때문에 생리불순으로 고생하다가 6권에 이르러서 정상적인 생리를 합니다. 지방세포가 늘어나면 인슐린 분비에 이상이 생기고, 연쇄적으로 안드로겐이라는 호르몬 작용에 이상이 생깁니다. 그래서 생리 주기가 이상해지는 것이죠. 사람에 따라서 비만이나 고도비만이 아니라 과체중인 경우에도 생리불순이 올 수 있다는 겁니다. 이런 상태가 지속되면 무배란성 생리를 하거나 생리 자체가 멈추어 버릴 수도 있습니다. 최악으로는 불임이 되기도 합니다. 만약 체중이 많이 나가고 생리가 불규칙하면 반드시 다이어트를 해야 합니다.

그렇다고 수단과 방법을 가리지 않는 살빼기는 금물입니다. 그런 경우에는 대개 영양 불균형이 오기 마련이고, 이 역시 생리불순을 가져옵니다. 극히 드물지만 운동을 지나치게 해서 남성 호르몬이 과다 분비되고, 생리불순이 오는 경우도 있습니다. 뭐든지 적당한 것이 좋습니다.

풀썩
지방세포는
사라지지 않는다.
어…?
설마, 넌…!
다만,
작아질 뿐.
그래. 맞아!
나야, 나!!
오랜만
이다!
작아졌구나!
빙글
빙글
빙글
별지방의
귀환…!
인수인계
사항은
더 없나요?
없어.
성지기
교대시간.
오면서 보니까
하늘에서
작은 지방이
내려오던데요.
아…
늘 있던
일이니까….
네….

성지기 업무를 마치고 퇴근한 꽃지방 아빠.
우리 딸내미 집에 잘 있나?
아, 아니?!
아빠!
아저씨!
역시… 작아져버렸군…!
…….
작은 지방 주제에 지금 어딜 들어온 거야? 썩 나가지 못해!! 가!! 어서 꺼지라고!!
아저씨….
아빠!! 오랜만에 돌아온 친구한테….
아빠가 아무리 부정하셔도 이제 지방대장의 시대는 끝났어요!
제발 정신 차려!! 선동질하는 꼬마근육이와 다니지 말고!
싫어요!!
아저씨….

저도 처음엔 작아지는 게 싫었어요.
하지만 이렇게 변하게 되는 과정이 생각보다 나쁘지 않았어요.
오히려….
몸이 작아지는 동안 마음이 편안해졌어요.
정신이 맑아지며 또렷해지는 기분….
그리고 수지나라의 주인인 신수지의 기분을
생생하게 느낄 수 있었죠.

울지 말아요.
아몬드 지방 …!
변하는 걸 두려워 말아요.
수지나라는 앞으로도 계속 변해갈 거예요.
이제 여기서 살아가려면 지방들도 변해야 해요.
어떻게 된 거야? 잘린 건가?
사직서
아니, 스스로 그만뒀대.
딸 친구의 말을 듣고 느낀 게 많았다더군.
작은 지방 연합회에 딸과 함께 참여한다고 들었어.
작아지면 정신이 맑아지며 마음까지 선해진대.
어차피 공존하며 살아가야 할 거 이렇게 근육들과 대립하긴 싫다는 거지.
자네도 현명하게 처신하는 게 좋을걸세.
나도 곧 그만둘 거야. 대장도 정신이 나갔고….
쉿! 그게 또 무슨 소리야. 누가 들으면!
어허, 이 친구야. 아직도 모르겠어?

우리는 지금 급격한 변화의 시대에 서 있는 거야.
이 흐름을 타지 못하면 우리의 남은 인생은 미래가 없어.
솔직히 셀룰님이야 어지간해선 변하지 않으니 대장님에게 충성을 다 하는 거겠지만 우리는 다르지 않나.
작아지면 지방군 노릇도 더 이상 할 수가 없는데….
이런 상황에서 근육들을 적으로 돌리는 건 미련한 짓이야.
지금의 지방대장은 우리의 미래를 책임져 주지 못해…!
많은 지방들이 그렇게 지방성을 떠나가고 있었다.
끼익
수지나라 건국 초기부터 함께했던 늙은 지방
셀룰라이트
너무나 초라해져 버린 지방군의 사령부.
대장님….
….
마치 거짓말 같았던 영광의 나날들….
대장님. 일어나세요.
산책이라도 하시는 게 좋겠습니다.
이러고 있으면 안 돼요.
이제 내가 해야 할 일은 하나뿐이다.

대장님을 회복
시켜야만 해…!
일부러 산책로를
돌아가는 것도
웃기는 일이라고
셀룰은 생각했다.
….
….
….
따악

누, 누구야!!
….
이…
이놈들이…
지방대장!!
죽어라!!!!
우우우우!!
!!
퍽
대장님!!

이 자식들!!
그만둬…!!
그만 …!!!!
그만들 두세요!!
!!!
….
자, 일어나실 수 있겠어요…?
일단 성으로 돌아가는 게 좋을 것 같군요.
지금은 시기가 좋지 않아요.
어서 들어 가세요…!
으으으
주륵

식이조절과 운동을 멈추지 않는 신수지.
근육을 따르기 시작하는 지방들.
그리고 대장님과 나.
나의 존재 이유는 무엇인가….
애초에 버스를 타고 몸에서 나가버렸으면 좋았을 것을….
비틀
비틀
탁탁
탁
탁

살 빼는데
몇 백만 원, 몇 천만 원
쓸 필요없이,
바른 식습관과
규칙적인 운동을 하면
그런 요법보다
더 많이 빠지고,
제대로 빠지고,
질병에도 안 걸린다.
그것은 확실한 사실이다.
-다큐멘터리
'생로병사의 비밀'
중에서-
신수지,
새빛 은
특별우
5.8%
현재 163cm/
65kg
자극받는 동료들이
늘어나기 시작했다.
휴게실
수지씨.
나 다이어트
일기장
만들었어!
이것 봐!
나도!
나도!
적다 보니 생각보다
많더라고. 먹는 게….
난 어제 뭐
먹었더라….
샐러드랑….
샐러드랑….
소스는
안 드셨어요?
리얼+ 우유
백반
슥슥
소스?
소스도
적어야 해?
나나 2개
샐러드
허니 머스타드 소스

사람은 무의식중에 자기가 먹은 것보다 적게 쓰게 된다.
최대한 있는 그대로 다 적어야 해.
그리고 한참 후에 적는 건 의미가 없다.
먹은 즉시! 바로 적어야 하는 거야.
식사 사이에 먹은 간식이나 음료수는 쉽게 잊기도 하고, 소스는 고열량인데 빠트리고 샐러드만 적기도 한대요.
저는 예전부터 소스는 먹지 않거나 작은 접시에 따로 담아서 찍어 먹어요.
그렇게 해야 조금만 먹을 수 있으니까요.
이미 뿌려버리면 걷어내기도 힘들고.
우리의 몸은 필요로 하는 열량보다 많은 열량을 섭취하기 때문에 살이 찌지만….
칼로리 계산 때문에 스트레스 받을 필요는 없다.
정확하지 않아도 된다.
1,499칼로리는 살이 빠지고
1,500칼로리는 유지되고
1,501칼로리부터는 살찌고 이런 건 아니다.
근처만 가도 충분하다.
골인 지점은 생각보다 넓다.

애초에 칼로리 계산법은
정확하기가 어렵다.
같은 음식이더라도 가게마다
양이 다르고 조리법에 따라
칼로리가 달라지기 때문이다.
130 40 87 300 100 10 36 320 34 34 25 130 130 87 36 10
난 오늘 대충 계산해보니
1,500칼로리 먹었으니까
과자 한 봉지 정도는
더 먹어도 되겠지!
와삭
와삭
실제로는
3,000칼로리가
넘게 먹은
것일 수도
있다는 얘기다.
우리는 한 가지 원칙만
지키면 된다.
채소와 단백질은
충분히.
탄수화물과
좋은 지방은 적당히.
지방은
조금만.
1인분 기준.
점심에 탄수화물이랑
지방을 많이 먹었으니
저녁에는 채소를 좀 더
먹어야겠어….
아삭
아삭
무엇을 얼마나 먹고 있는지
인지하는 것.
이것이 식단일기를 쓰는
가장 큰 목적이다.

longingly.
long · ing · ly
longingly.
longingly,
간절히 원하여.
longingly,
간절히 원하여.
조금이라도
더 움직이려고
필사적인 참새.
헬스장에서 운동하고
끝이 아닙니다.
최대한 생활 속에서
움직이세요!
invariably,
변함없이,반드시.
invariably.
invariably.
아. 그다음
뭐더라.
Election,
선거.
Election,
선거.
Election,
선거.
기름, 설탕,
소금을
조심하세요.
CARAMEL
맛있고 살찌는
음식의 대부분은
이 셋의 조합으로
만들어지죠.
CARAMEL
DONUT
최대한
자연에서
얻어진
식재료를
드세요.

큰헬스장
큰 헬스장
먹었네요.
기름, 설탕
소금을….
네….
너무
먹고 싶어서
딱 하나만….
하긴 먹고
싫을 때가 있죠.
!
드세요.
드시고 싶으면
드셔야죠.
대신 오늘은 빵을 드셨으니까
그만큼 더 운동하겠습니다.
빵은 빼야
하니까.
으으
으으
윽!
안 먹어…!!
그놈의 빵
다시는
안 먹어…!
내일도
드세요.
꼭이요~.
모레도
드시고요.

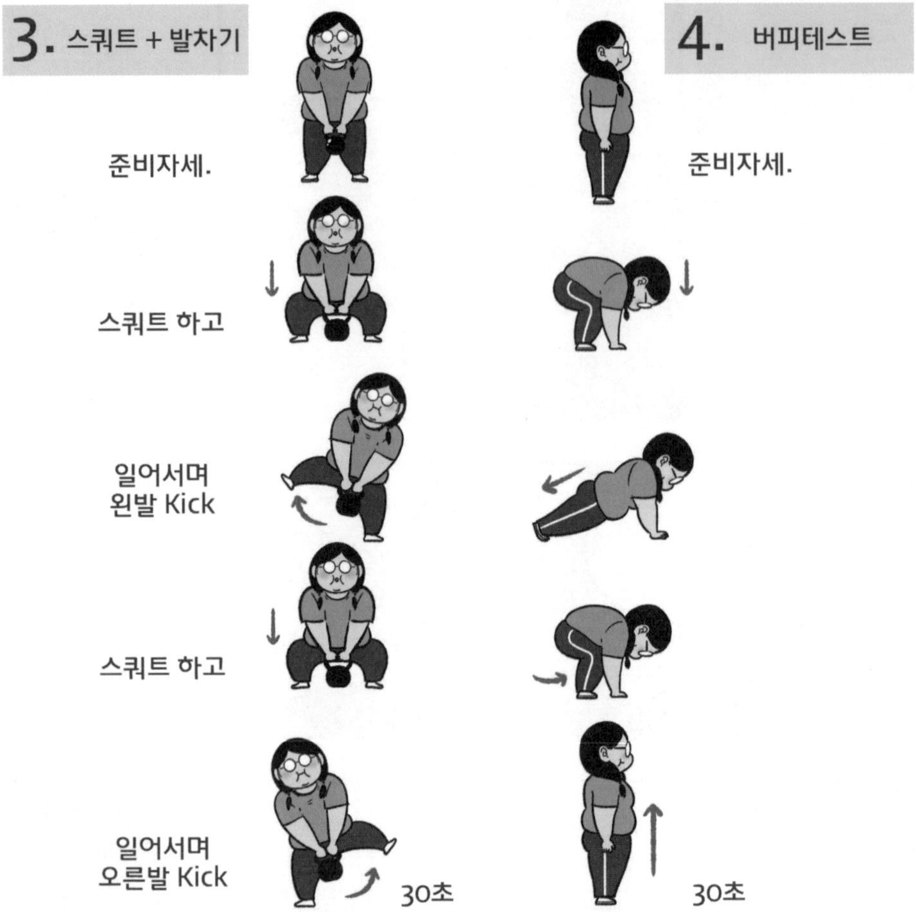
3. 스쿼트 + 발차기
준비자세.
스쿼트 하고
일어서며
왼발 Kick
스쿼트 하고
일어서며
오른발 Kick
30초
4. 버피테스트
준비자세.
30초

ㅋ ㅋ ㅋ ㅋ ㅋ ㅋ ㅋ
욱신
으으….
욱신
빵을 먹을 때 그 빵의
부피만큼 내 살이
붙는다고 생각하자…!
철썩

시간이 없고, 주머니가 가벼울수록 좋은 식사를 하기 어려운 건 사실이다.
라면 지겹다. 지겨워.
짜장볶이 먹으면 되잖아.
MILK
빨리 먹고 학원 가자.
Family Fa
뭘 먹을까가 아닌, 먹는 것 자체가 목적이 되기 때문이다.
참새 역시 항상 건강한 식단만 지킬 수 있는 건 아니었다.
….
라면
하지만, 적어도 자기 몸에 들어가는 음식이 어떤 것인지는 알았다.
고시 소비자 분쟁해결 기준에 의거 교환 또는 환불해 드립니다.
포장재질:폴리프로필렌 부정. 불량식품 신고는 국번없이 133
영양 성분
열량 500kcal
탄수화물 78g 24%
당류 3g
단백질 11g 18%
지방 16g 32%
포화지방 8g 53%
트랜스지방 0g
콜레스테롤 0mg 0%
나트륨 1,860mg 93%
* %영양소기준치 : 1일 영양소기준치에 대한 비율
*표준조리법대로 조리시 100g당(국물포함) 나트륨함량 400mg입니다.
(나트륨 1일 영양소 기준치 2000mg)
나트륨이 정말 장난 아니네. 한 봉지로 일일 권장량 올킬!
지방도 많고.
면은 데쳐서 기름기 빼고, 스프는 반만 넣어야지. 국물은 버리자.
으…! 다이어트에 최악의 식품인 라면!
보글 보글
신경 쓰기 시작하면 대충 먹을 수가 없는 것이다.

쏴아아
어휴.
내 얼굴
진짜….
살 빠지면
조금 나아지긴
하려나….
살…!
살만 빼면
어떻게든
되겠지…!
촤아
촤아
촤아
얼굴은
나중에
생각하자…!!
가공식품과
나트륨 섭취를
줄인 지
….
톡
톡
톡
4주 째…!

안녕하세요.
안녕 하세요.
언니!
입었어요. 언니가 사준 옷…!
송참새, 현재 169cm/86kg

참새의 변화는
피부와 얼굴로 드러나기 시작했다.

새빛은행
이렇게 열심히 식단을 지키면 여름에 비키니 입을 수 있을까?
누구랑 가려고요?
비밀!
수지의 영향 탓인지 회사 내에서 도시락을 먹는 게 유행이 되었다.
ㅎ ㅎ ㅎ ㅎ ㅎ
수지 씨….
ㅋ ㅋ ㅋ ㅋ ㅋ ㅋ ㅋ ㅋ ㅋ ㅋ
참 많이 달라졌네…. 대단해.
어?
부장님도 도시락 싸오셨어요?
허허허, 다들 편하게 밥 먹는데 왠지 방해하는 것 같아서 원….
아니에요~ 같이 먹어요!

허…
허허…
저희들 마치 다이어트 그룹 같은데요?
호호호.
회사에서라도 건강하게 먹어야지.
네?
천천히 씹어 먹기.
짜지 않고 건강한 반찬.
적당한 식사량.
빙글
빙글
이 모든 것에 관심이 없는….
한번 먹기 시작하면 배가 터질 때까지 먹는 숙이 씨.
호호, 이상 하네요.
먹을 땐 배가 안 불렀는데….
대식가 숙이 씨….
허비
허비
아이고, 숙이 씨! 누가 안 쫓아와요!!
숙이 씨….

처음에는
그런 숙이 씨의
모습이 사랑스럽게
느껴진 것도 사실이다.
나도
맛있는 거
좋아하니까.
하지만, 매일매일
이렇게 먹다간….
뭔가 병에
걸리고 말 거야.
안 걸린다
니까요!
자꾸 어지럽다고 하고,
자주 체하니까 걱정이
돼서 그러죠.
하도 건강검진
받자고
설득하셔서
받긴 받겠지만,
어쨌든 전
건강하다고요!
혹시 위험할
수도 있잖아요.
흥!
위험한
상태입니다.
헉!
백날 조심하라는
주위의 백 마디 말보다
더 효과 있는 의사의
한마디.

비켜, 비켜!!!
와하하하하!!
콰장
콰장
지방의 위험한 점은 몸속에서 염증을 유발한다는 점이다.
몸속 주인이 느끼지 못할 정도로
상당히 오랜 시간 동안
방치된다.
부스럭
부스럭

아빠.
재 쓰레기
먹어.
어허.
가까이 가지
않는 게 좋겠다.
우걱
우걱
만성 염증은
암세포를 유발하는
환경을 만든다.
쏴아아아아
끄으으….
난 이대로
없어지는가.
염증이 낫게 되면
보통은 아무 일도
안 일어나지만
지방….
쿵
쿵
쿵
쿵
쿵
쿵
지방….
너무 많은 지방이 문제…!!
콰장
콰장
콰장

우걱 우걱
뷰죽 뷰죽
쿠쿠쿠쿠....
마른 사람이라고 해서 암에 걸리지 않는 건 아니다.
하지만, 비만인 사람이 암에 훨씬 취약하다는 것은 분명한 사실이다.
그, 그래서 숙이 씨가 지금 암이라도 걸렸다는 건가요?
아니요. 아니요.
벌써 걸렸다는 게 아니고요.
비만을 개선하지 않는다면 언젠가 위험한 상황이 올 수 있다는 거지요.
이미 고혈압이나 관절염은 진행 중이신 것 같고요.

암뿐만이 아니에요.
비만이 오래 지속된다는 건 그만큼 온갖 질환에 무방비로 노출돼 있다는 뜻이거든요.
비만이 유발하는 병은 셀 수 없이 많죠….
하지만, 대부분 비만이 해결되면 병도 해결됩니다.
건강한 인생을 누리고 싶다면 식단조절과 운동이 필수예요.
숙이 씨….
저는 숙이 씨와 오래오래 인생을 같이 보내고 싶어요.
…함께 운동해요.
….
하지만….

전 헬스 싫어한단 말이에요.
적성에 안 맞다구요….
하하하. 숙이 씨도 참….
운동이 어디 헬스뿐인가요.
헬스 말고도 운동은 많아요.
30분 순환운동 센터
하하하….
아하하.

저 너무 못한다…. 그죠?
그래도 재밌어요.
다음엔 야구경기를 같이 보러 갈까요?
응원도 운동이니까.
좋아요. 노래방도 가요.
노래하고 춤추는 것도 운동이잖아요?
좋아하는 음식을 배불리 먹지 못한다고 해서 아쉬워할 일이 아니다.
최악의 경우는 평생 먹지 못할 수도 있다.
부지런히 움직이고 적당히 먹으면 건강과 다이어트는 자연히 따라오게 된다.
건강해야 오래오래 맛있는 걸 먹으면서 살 수 있다.

11. 비만과 암의 관계

〈다이어터〉가 항상 강조하는 것은 건강한 삶입니다. 외모와 미용도 중요하지만, 그보다 더 중요한 것은 건강입니다. 비만은 고혈압, 당뇨, 지방간 등의 질병을 유발합니다. 놀라운 것은 익히 알려진 성인병뿐만 아니라 암 발병과도 연관이 있다고 합니다.

살찐 몸에는 에너지가 넘쳐나므로 이것을 소모하기 위해 인슐린이 대량 분비됩니다. 그런데 인슐린이 암세포 생장을 촉진하는 일종의 촉매 역할을 한다고 합니다. 인슐린 자체를 미워하지는 맙시다. 인슐린만으로는 대사작용을 원활하게 유지하는 역할을 하니까요.

암세포는 일반 세포에 비해서 빠르고 무제한으로 성장하는 특징이 있습니다. 그래서 주요 에너지원으로 포도당을 사용한다고 합니다. 포도당은 단당류로 가장 빨리 폭발적으로 힘을 낼 수 있는 에너지이죠. 비만은 에너지가 많다는 뜻이고, 이것은 혈당치가 높다는 의미와 같습니다. 따라서 평소에 많이 먹는 습관은 암 발생률을 높인다는 뜻이 되는 것이죠. 그렇기 때문에 암을 치료하는 식단이 채식과 저탄수화물 위주가 되는 것입니다. 병에 걸려서 평생 먹고 싶은 음식을 못 먹는 인생보다는, 평소에 조심하면서 먹고 싶을 때는 맛있는 것을 먹는 인생이 훨씬 즐겁지 않을까요?

수지의 다이어트
11개월 차.
큰 헬스장
또 정체기가 왔나….
참새의 살이 쭉쭉 빠지는 동안 수지의 체중은 1kg도 변하지 않았다.
체지방 27kg 감량 후 65kg를 유지 중.
하지만, 마음을 편하게 먹자고 생각하는 수지.
정체기가 왔다는 건 몸이 이 체중을 기억하려는 거니까.
몸에 대한 지식이 늘어날수록 조급할 필요가 없다는 걸 알게 된다.
Daum MART
언니. 여기 옷 좀 구경하고 가요!
!
SALE
떡볶이
튀김
유혹에도 흔들리지 않는다.
아직 과체중이지만 사람들 사이에 섞여 있으면 더 이상 튀지 않는 수지.
빠아아아

아유, 얘가 제 딸이에요~.
서울에서 은행원으로 있는데
주말이라 내려왔어요!
수지야.
인사해라!
안녕하세요.
예전.
제 딸이에요.
얘가 어렸을 땐
이뻤는데 공부만
하느라….
헤헤헤….
이뻤는데
공부만
하느라….
서울생활
하느라
바빠서….
공부하다
보니….
언제나 저런 말이
접두사로 붙었던
수지.
우리 딸은 나태하고
자기관리 못 하는 사람이
아니라는 변명을 하고
싶었던 것 같다.
회사 유니폼을 입고
만세를 하고 싶다.
길거리에서 뭔가
사람들이 힐끗 힐끗
않았으면 좋겠다.
길거리에서 마음에 드는
싼 티셔츠를 사 입어보고 싶다.
아파서
간호사가
엄마 아빠가 날씬해진 나를
자랑스러워 했으면 좋겠다.
있는 그대로의 나를
칭찬해줬으면 좋겠다.
민증 사진을 목이 보이는
증명사진으로 바꾸고 싶다.

두 시간 뒤에 집에 갈 테니 장 보고 나서 영수증 꼭 다 챙겨놓으세요.
현금 쓰면 현금 영수증도….
알았어, 알았어! 조심해서 올라오기나 해.
잔소리는.
투욱
수지 몰래 옷 팔았다가 집에서 쫓겨날 뻔했던 찬희는 어떻게든 용돈을 만들고 싶었다.
아, 다리 아파. 자전거라도 좀 사주든가. 젠장!
터덜
터덜
대박수퍼
T. 000-000
담배
총각, 자주 오네. 걸어서 20분이나 걸린다면서.
호호호!
물건이 좋으니까요.
정말?
네. 그리고 영수증… 좀….
그래그래. 지난번처럼 천 원씩만 올려서 써 주면 되지?
오늘은 7천 원 득템!!

다음날.
큰 헬스장
큰 헬스장
아, 오늘은 저스틴이 아침청소 하는 날인데…!
위이이잉
쏴와 쏴와
투덜거리기는.
이 코치도 너 없을 때 많이 해줬잖아.
자.
이게 뭐예요?
월급.
예?
빚은 다 갚았다. 이제부터 버는 돈은 전부 네 거야.
아직 초보 트레이너니까 많이는 못 준다.
월급…?
그동안 사기 쳤던 빚을 갚느라 이제서야 100% 제대로 된 월급을 손에 쥐게 된 찬희.
내 월급…!
….

이제 신수지 회원님
돈 남겨서 날로 먹는
그런 짓 하지 말고
착실히 모아라.
!!!
아, 아셨어요?!
…아니.
왠지 네가
장을 본다기에
충분히 그럴 것
같아서.
진짜냐?
왜!!
그 표정 뭐야.
뭐!! 내가 뭐!!!
….
철벅 철벅 철벅 철벅
백화점
후후. 이 시계
어때요?
예전에 나 좋아하던
개인PT 회원이
생일 선물로
해준 시겐데.
이게
얼마짜린지
알아요?
부럽죠?
저스틴 이 자식,
옛날에 나한테
비싼 시계를
자랑했겠다?
나도 이제
맘만 먹으면
살 수 있다고.
오,
똑같은 거
발견했다.
저기요, 이거
얼마예요?
280만 원
입니다.

옷 몇 개만
사는 걸로
타협.
생각해보니
돈이 생겼다고
펑펑 쓰고 다니면
안 되겠어.
수지 집에서도
곧 나와서
살아야 하니까.
처음으로
정당하게
번 돈이니까….
촤라라라라라
반짝반짝 적금
1억 만들기 PLA
새빛은행
콩
콩
콩
슥
어?
아가씨가 너무
친절해서
주는 거야~.
아. 감사합니다
고객님.
잘 마실게요.
요즘 은근히
선물 많이
받는 것 같다.
수지 씨!
OOCARI
SWEAT

지난달엔 이달의 미소왕으로 뽑혀서 보너스도 더 나오고 말야!
고객님들이 절 좋게 봐주시는 것 같아요.
하기야 수지 씨는 살 빼기 전에도 한결같이 친절했지.
왜 사람들은 이제야 알아봐 주기 시작한 건지 원.
그리고 저 할아버지 전에 수지 씨한테 진상 부리던 사람 아니야? 웬일이래.
….
. 해약재발급 예금 . 적금
띵동
130
130번 고객….
어…?
선생님, 여긴 웬일이에요?
내가 은행에 뭐하러 왔겠니.
예?
저축! 당연히 저축이지!
자!
….
…또 뭘 팔았죠?
팔다니, 내가? 이 서 코치가?

나 월급 받았다고! 이제부터 월급 받는 정식트레이너라 이 말이야!
빚이 다 변제됐거든! 하하하!
제 300만 원은요?
….
그… 그건… 그건 이미 끝난 일이잖아.
관장님이 합의해 준 거 아니야?
그리고… 난 이미… 300만 원 치의 관리와 집안일을….
하하하, 농담이에요, 농담. 그럼 적금통장인 거죠?
축하해요.
으… 응.
…근데 네온비 관장님이 이것밖에 안 주던가요?
뭘… 좀 샀어…. 그냥 조금….
그리고…
부시럭
부시럭
자.

첫 월급을 타면 원래 부모님한테 내복 같은 거 선물한다면서.
난 부모님이 없으니까.
….
고마워요, 선생님.
경제적인 홀로서기를 시작한 찬희,
일단 1년으로 시작하세요.
1달 최저 만 원부터 최대 1000만 원까지 자유롭게 저축할 수 있는 상품이구요.
만기시 3.8% 이율로 …
다이어트 홀로서기를 하고있는 수지.
내복을 선물 받은 네온비 관장.
…

참새의 중간 점검일.
169cm / 81kg
믿을 수가 없어요 …. 아직도 앞자리는 8이긴 하지만 ….
6주 만에 16kg을 감량했어요.
일주일에 평균 2.7kg의 속도.
고도비만은 초반에 상당히 빨리 빠집니다. 크게 무리하는 건 아니니까 걱정 마세요.
정말 열심히 잘하시고 있어요.
흐.. 흐흐..
힘들거나 아픈 덴 없죠?
네….
다이어트를 실패하는 대부분의 원인은….
….
무리한 계획.
올라와요! 올라올 수 있어요!!
바둥 바둥

실패했을 때의
충격도 크고
지속하기도
어렵다.
목표를 이루기 위해선
너무 높지도, 낮지도 않은
계단이 필요하다.
저스틴은 참새에게 가장 알맞은 높이의
계단을 만들어주는 전문가였고
그 계단을 묵묵히
올라와 주는 참새 역시
보통 의지의
고등학생은 아니었다.
지금 하는 다이어트가
너무 힘들고 괴롭다면
계단이 너무 높은 게 아닌지
다시 확인할 필요가 있다.
참새 회원님은
즐겁게 따라와
주셔서 다행
이에요.
네….
빨리 빼고,
성형도 하고
싶어요.
성형요?

네….
….
게으른 사람은 있어도, 예쁘지 않은 사람은 없다는 말도 있죠.
네?
518
송참새 회원님.
지금 그대로도 예쁘시다고요.
헐….
헐….
헐….
저스틴 선생님….
눈이 좀 이상한가봐….

태어나서 그런 말
처음 들어 봐.
다음 날.
큰헬스장
큰 헬스장
65kg.
헉…!
지난주엔 분명히
63~64 사이로
왔다갔다했는데….
어쩔 수 없지.
며칠씩 계속 외식하고,
회식도 있었잖아?
그건….
사회생활
하다 보니까
어쩔 수가
없어서….
요즘 주변에서 계속
칭찬만 하니까
스스로 과체중 상태에
만족하는 거 아니야?
자신감도
많이 오르고
해서….
맞는 것
같아….

<난 틀렸어>
<할 수 없어>
<끝이야>
보다 더 위험한 말이 있지.
<난 마음만 먹으면 뺄 수 있어…!>
이 말이 과식하는 게 무뎌져도 된다는 말은 아니야.
어쩌다 한 번이면 모를까. 반복해서 과식하면 어렵게 줄인 지방들이 돌아오는 건 시간문제라고.
크윽….
들리는 것 같다….
지방이 살찌는 소리가…!
뿌욱
뿌욱
뿌욱
현재에서 만족하는 것과 표준체중까지 빼고 나서의 마음가짐은 달라.
지금까지 운동했던 많은 시간을 부질없던 시간으로 날려버리고 싶진 않겠지?
잘하고 있는 수지에게도 가끔씩 찬희의 따끔한 충고가 필요했다.
선생님 말이 맞아….
삐삐삐…

오늘은 유산소 운동 40분 동안 집중해서 하겠어요.
윙
윙
윙
윙
열심히 할게요. 다시 마음 잡고…!
매일매일 한 운동이 무용지물이 되게 할 수는 없으니까….
짠!
Diet FIGHT! NEW SEASON
Diet FIGHT! NEW SEASON
1~50
매년 여름이면 쏟아지는 다이어트 서바이벌 프로그램.
역시 올해도 나오는구나.
Diet FIGHT! NEW SEASON
땡!
탈락입니다.
뚱뚱한 사람들이 정말로 많네….
정말로 ….
시내로 나가면 전부 날씬한 사람들 뿐인데….

스스로에게 자신이 없는 사람들은 집에서 시간을 보낼 때가 많다.
주변 시선 때문에 외출이 즐겁지 않으니까.
그런 사람들이 엄청난 용기로 카메라 앞에 서 있는 거다.
회사 최종면접에서 외모때문에 탈락….
차별에 상처받고….
우울증도 오고….
머리카락이 숭숭 빠지고….
원 푸드를 했더니 요요가 더 심하게 오고….
저 좀 제발 뽑아주세요.
제발요 ….
….
수지는 유산소 운동을 하며 생각했다.
많은 사람들이 정석 다이어트 방법을 모르기 때문에 특별한 비법에 혹하는 거라고.
합격!!
탈락.
이런 기회마저 얻지 못한 수많은 사람들에게 자신이 했던 방법을 알려주고 싶다고….

며칠 뒤.
야! 일어나! 지금이 대체 몇신지 알아?!
잠 못 자서 죽은 귀신이 붙었나.
한적하고 평화로운 주말.
아…. 왜요…! 오늘은 운동 쉬어도 되는 날이에요….
이따 저녁에 동창회 있다면서? 많이 먹을 거 아냐. 미리 좀 운동하고 와.
싫어요…. 더 잘래요.
으이구 답답아!
지금 아파트 단수됐어!
벌떡
동창회 간다며? 안 씻고 갈 거야?
다녀오겠습니다!
고마워요!
쿵
끼이…
콸콸콸

어푸
어푸
요즘 바빠서 블로그 정리도 못 했는데 왜 안 나가려고 그래.
아직은 비공개지만….
꾸욱..
수지가 50kg대로 떨어지면 그때 팍 터뜨려야 되는데.
후후…
후후후…
하하하…
cafe NEON
보습
BUS STATION
띵동
찬희 선생님
동창회 잘 다녀

똑똑
똑똑
….
대장님,
저 셀룰입니다.
들어가겠습니다.
끼익
…?
아….
셀룰라이트인가.
…?
대장님…?
스르르
콰장창

기억났다.
내 본모습이 말이야.
밖으로 나가봐야겠어.
도, 도와 드리겠습니다.
대장님…!
아니…. 난 이제 괜찮네.
대장님….

움성
움성
움성
?
!!!
오는 길에 쓰레기 좀 주우면서 왔어요.
지저분한 것 같아서….
…나는 ….
이런 모습의 지방대장을 오래전에 본 적이 있어….
아주 오래전에….
그동안 무례하게 굴었던 점, 사과드릴게요.

받아
주십시오.
대장님….
와아-
와아-
와아-

건배!!
쨍
수지가 기분이
좋은 두 가지 이유.
아하하
첫 번째, 예전에 꼭 입겠다던
청남방을 동창회 자리에 입고
나올 수 있어서.
수지야, 정말
예뻐졌다~!
정말,
세상에!
못알아
봤어
두 번째,
친구들의
반응 때문에.
아하하.
<난 이미
많이 뺀 경험이
있으니까…>
<마음만 먹으면
할 수 있으니까…>
위로가 되면서도
위험한 말들.
아무리 즐거워도
정신은 놓지 말자.
이미 다 아는 맛을
일부러 먹어치워
없애지도 말고.
내 입은
잔반 처리기가
아니니까.

딸랑
얌마, 이제 오냐?
아, 미안. 일이 좀 있어서!
어?
넌 누구였지? 잘 기억이….
수지 진짜 살 많이 뺐지? 우리도 못 알아봤어.
….
…뭐?! 신수지??
….
돼지야!! 좀 비키라고!!!! 안들려?
더운데 진짜 짜증나 죽겠네.
너 때문에 더 덥잖아!!
미… 미안, 빨리 지나갈게.

저런 뚱보들은 그냥
옆에만 지나가도
패버리고 싶다니까….
진짜 얼마나 게으르면
살이 쪄? 살이!
남들하고
똑같이
먹고
움직여봐!
왜 살이
찌느냐고?!
이야….
못 알아볼 뻔했다.
진작 살 좀 빼지 그랬어?
완전 사람 됐네.
내가
학교 다닐 때도
살 빼면 예쁠 것
같다고
그랬잖아.
…뭐? 네가 언제
그딴 말을 했어?
은행원?
이야~
그럼 돈도
잘 벌겠고.
너 인기
많겠다.
난 작은 회사에서
일하고 있어.
자, 명함.
애인은 있어?
난 얼마 전에
헤어졌는데.
아직….
넌 안 줘?
아…
안 가지고
다녀서.

그럼 번호
찍어줘. 자.
으, 응….
알려주기
싫은데….
꾹꾹
왜 아직도
남친이 없어?
….
힐끔
저, 난 이만 가볼게.
내일 출근도
해야 하고….
그래, 수지야
종종
연락하자~!
나도 이만
간다.
어?
넌 왜 가?
정말 이쪽
방향이니?
어. 야, 이것도
인연인데 따로
술 한잔 더 할래?
추쿵
추쿵
추쿵
추쿵
됐어. 우리 학교 다닐 때
별로 친하지도 않았잖아?
왜 이러는 거니?

그랬나? 지금부터 알아가면 되지?
넌 대체 언제적 이야기를 하는 거야?
고등학교 때도 내가 다 너 잘되라고 놀린 거지.
그래서 지금 이렇게 살 뺀 거잖아. 안 그래?
뭐라고…?
내가 살이 빠진 게 네 덕분 이라고…?
휘잉
뭐야, 신수지. 아직도 안 들어왔나?
신수지 어디야?
꾹
꾹
꾹
꾹
거의 다 왔어요.
또 실컷 먹고 오는 거 아니야?
시끌
시끌
놔!

오, 신수지
연애하나?
삭
야, 신수지!
내 말 안 들려?
싫은 이유를
말해보라니까!
놔…!
왜 이러는
거야?
어디까지 따라올
셈이야?
이제 그만 가줘!
이러는 거
정말 싫어!
야, 신수지!
너 좀 웃긴다?
딱
!!
네가 뭐가
그렇게
대단하게
예뻐졌다고?
….
너 살 좀 빼고
직장 좀 좋은데
다닌다고 사람
무시하나 본데….
너 아직도
X나 뚱뚱하거든…?
살 좀 빠지니까
세상이 다 네 것 같아?
겨우 몇 킬로 뺀 거
가지고….
솔직히 너 같은 뚱녀가
나 같은 사람 만날 수나
있을 것 같아?
이….
이거 안 놔?
귀여워서
잘 해주니까
이게 X나 사람
열받게 하네.

넌 살을 뺐어도 여전히 뚱뚱해.
봤지, 오늘? 동창회에 나온 여자애들 중에 네가 제일 돼지인 거?
이….
이거 봐!
딱
어이쿠.
탁
탁
앗.
!
빠작
이건 실수….
대신 나랑 사귀면 더 좋은 걸로 사줄게.
그럼 되잖아?
….
신수지. 늦었는데 얼른 집에 가.

선생님 ….
누구야?
선생님.
늦었는데
왜 아직도
싸돌아다녀?
빨리 집에 가.
내일
헬스장에서
보자.
그럼 그냥
같이 집에….
쉬….
저렇게 입 싸 보이는
동창한테
'우리 동거해요' 하고
떠들 작정이냐?
일단
들어가 있어.
근처에 사는
신수지
트레이너
선생이다.
뭐…?
트레이너
선생…?
어? 야!!
신수지!!
야!!
전화한다?
전화할게?
발 치워.
머리핀
줍게.
넌 뭐 하는
놈이야?

ㅋ… ㅋㅋㅋㅋ.
아~.
난 또… 살 많이 뺐길래
뭐 대단한 의지력
갖고 있나 했더니,
솔직히 개인 트레이너
있으면 누가 못한다고,
뭐 대단하다고 그게….
대단하지.
대단하니까
성공한 사람들이
TV에도 나오고
그러는 거
아니겠어?
난 옆에서 숫자
세 준 것밖에
안 했어.
노력은 신수지가
한 거야.
그래서, 뭐?
니가 남친이라도
돼? 병신아!
….
말했잖아.
트레이너와
제자라고.
그리고
넌 진짜
개 쓰레기고.
빡

근데 왜 갑자기
나서서 방해하고
지랄이야!! 어?!
퍽
퍽
퍽
퍽
개색
기야!!
이 자식이…!
누구는 손이 없어서
못 때리는 줄 아나…!
퍽
퍽
퍽
퍽
싸움질 좀
하지 마라!!
언제
철들래?!
관장님….
퍽
퍽
퍽
저도 이제 저축도 하고
좀 달라지려고 하는데….
이런 상황에서도
참아야 합니까?!
예 ????
경찰 POLICE
진짜
잘 참았어!
크하하!
처음 보는 사람한테
두들겨 맞았습니다.
보이시죠?
집에 들어간
수지가
신고했다.
크흑…
제발 합의 좀….
봐주세요!
박봉이에요.
어헝~
선생님, 정말 제가
안 가봐도 돼요?
넌 내일 출근해야지.
어차피 아파트 CCTV에
다 찍혀 있어.
그보다 너 저 녀석한테
폰 번호 알려줬다면서?
예전에 많이
시켜먹던 중국집
번호예요.
ㅋㅋㅋ
꾹
꾹
꾹

목돈이군요.
이럴 땐 보통 거치식 예금으로 넣죠.
좋아. 그걸로….
ㅋㅋ ㅋㅋㅋ ㅋㅋ
어?
안녕 하세요.
송참새. 현재 다이어트 7주차 돌입.
169cm / 79kg
적금 깨는 거야? 오랫동안 모아 왔는데….
반짝반짝적금
헤헤… 네. 어차피 같은 목적에 쓸 생각이에요.
같은 목적?

예뻐지는 거요….
다른 방법으로 해 보려고…
중요한 건 내면이에요.
꾸미는 건 대학 가서 해도 충분해요, 충분해.
충분한 사람도 있고 아닌 사람도 있다.
과외
외모 때문에 차별받는다면,
혹은 그렇게 느끼고 있다면,
그 때문에 주눅 들고 있다면,
예뻐지기 위해 노력하는 것은 자신감을 되찾기 위한 노력이다.
하복이 너무 커졌네….
후줄근…
참새가 적금을 깨고서 가장 처음으로 간 곳은 교복 매장이었다.
SCHO
맞춤 교복을 입지 않고 바로 살 수가 있게 된 거다.

머리 하시게요?
Hair
네….
스트레이트로
해주세요.
부지런할수록
외모는
나아진다.
잠깐씩 낄 거면
일회용도
괜찮아요.
안경. 콘택트렌즈
네…. 이걸로
주세요.
일주일에
두세 번만
껴 보자.
큰 안경을
쓰고 다녔더니
콧대가 계속
눌리는 것 같아.
대학 가면
라식수술
해야지.
BEAUTY FACE
20%
요즘은 저렴하고
좋은 브랜드가
많아서 다행이야.
SKIN CARE
MASK PACK
HIT!
폼 클렌저….
바디 클렌저….
마스크 팩….
립밤….
매니큐어….
킁킁
화장품
냄새를 맡으면
왠지 식욕이
달아난단
말이야…?
518

자연
30. 그림과 같이 $\overline{AB}=6$, $\overline{BC}=4$, $\overline{CA}=5$인 삼각형 ABC의 내부의 한 점 P에서 세 변 BC, CA, AB에 내린 수선의 발을 각각 D, E, F라 한다. $\overline{PD}=\sqrt{7}$, $\overline{PE}=\frac{\sqrt{7}}{2}$일 때, 삼각형 EFP의 넓이는 $\frac{q}{p}\sqrt{7}$이다. $p+q$의 값을 구하시오. (단, p, q는 서로소인 자연수이다.) [4점]
$\cos A=\frac{6^2+5^2-4^2}{2\times6\times5}$
36+25-16
61-16
$\frac{45}{60}$ $\frac{9}{12}=\frac{3}{4}$
$\sin A=\frac{\sqrt{7}}{4}$
$\frac{1}{2}\times6\times5\times\frac{\sqrt{7}}{4}$
슥 슥
슥 슥
$\frac{1}{2}\times6\times5\times\frac{\sqrt{7}}{4}=\frac{15\sqrt{7}}{4}$
$\overline{PF}=x$
$\therefore p+q=103$
슥 슥
째깍 째깍…
째깍…
드르륵
어, 오늘은 렌즈 끼고 왔구나?
응.
이상해?

달칵
식이섬유와
단백질, 기타 영양소가
풍부하게 들어있는
검은 콩.
단백질 섭취를
늘리면
포만감이 오래
지속되는 효과가
있다.
삶은 검은 콩과
바나나로 시작하는
참새의 아침식사.
냠냠냠
탕 탕
탕 탕… 탕…
으윽….
점심이 올 때까지
버틸 수가 없어!!
탄수화물
탕 탕 탕 탕 탕
허기
총알이
떨어졌어!
철컥
철컥
나한테
맡겨라
!!
단백질
탁
엎드려!!
우어어
툭
단백질이 식욕억제호르몬(PYY)
분비를 촉진하기 때문이다.
콰
쾅
쾅

참새야, 아침 먹어?
부지런 하다
응.
진짜 살 많이 빠졌다…. 예뻐지네.
고마워….
피부도 좋아졌고 정말 부럽다~.
그래도 난 옛날의 네 모습이 더 좋은데.
맞아, 옛날의 참새는 진짜 귀여웠지.
…뭐?
빨리 빼서 막 머리카락 빠지고 그러진 않아? 부작용 같은 것도 있을 수도 있다고 하던데….
욱씬
난 옛날의 내가 정말 싫은데 …….
다시는 예전으로 돌아가고 싶지 않아.
친구들은 내가 계속 뚱뚱한 모습으로 남아있길 바라는 건가?
지금이 100kg 가까이 나갔던 때보다 못하다는 뜻일까?
뚱뚱했을 때가 더 낫다는 말이 도대체 무슨 뜻이야?
내가 그냥 예민한 걸까?

그러나
미안…. 참새야. 화났어?
….
나도 그냥, 걱정돼서 ….
큰 악의 없이 그런 말을 하는 사람들도 많다.
어차피 친구들은 내 기분을 100% 이해하지는 못할 거야….
여기서 화를 내버리면 사이가 틀어지게 되겠지….
뚱뚱한 모습도 귀엽게 봐줘서 고마워.
하지만, 지금도 열심히 노력하고 있고….
예전보다는 지금이 훨씬 행복해.
등 대고 스쿼트.
이 부분이 자극되도록 운동한다.
한 번에 집중해서 운동하는 것도 좋지만, 짧게 자주자주 하는 운동도 효과가 좋습니다.
쉬는 시간.
하나…!
둘…!
하나…!
둘…!
하나…!
둘…!
참새야, 뭐해?
으…. 응, 살 빠지는 운동.
헬스장 선생님이 가르쳐줬어.
뭐? 살 빠지는 운동? 정말?
진짜 이거 하면 살이 빠져?
나도 해야겠다.
나도!

한편, 수지는 7주째 65kg 언저리를 머물고 있었다.
꾸준히는 하는데 정말 어렵구나, 60 초반으로 내려가는 게….
아침 공복 운동은 지방이 빠지는 데 크게 도움이 되죠.
공복 운동이요?
지금도 회사까지 걸어가고 있긴 한데…. 날씨가 궂으면 걷지 못하고,
걸어가는 코스가 너무 익숙해져서 예전보다 운동이 좀 덜 되는 것 같기도….
60초반이 되려면 확실히, 배로 노력하지 않으면 안 되겠어….
일은 안 하고 왜 잡담이야, 저스틴!!
야!
….
그리고 앞자리 5를 보기 위해서도…!
빰 빰 빰 빰 빰 빰
05:30 AM
팍
….
빰 빰 빰
졸리고….
귀찮아….
후암
내일부터 할까?
5분만 더 눈 붙일까?
…졸려도 일단 움직이면, 세수하면 깬다…!
움직이자, 신수지! 60kg 초반으로 가는 거야!!

선생님. 내일부터 회사까지 걷는 것 대신 헬스장에서 아침에 공복 파워워킹을 하려고 해요.
여름이라 땀도 많이 나니까…. 운동 후 씻고 출근하면 딱 좋을 것 같아서요.
괜찮겠어…?
힘들어서 스트레스 받을까봐 공복 운동까지는 안 시키려고 했던 건데.
인터넷으로 찾아보니까 공복 운동은 근손실이 될 수 있다던데….
운동선수나 보디빌더라면 조심해야겠지만 다이어트엔 괜찮아.
공복 운동을 시작한다면 운동 전에 아메리카노도 좀 마셔주면 좋고.
운동 전 약간의 카페인 섭취는 지방을 태우는 데 도움이 되니까.
어제 저녁에 만들어 놓은 아메리카노.
쿵
30분 후 다시 울리는 꼼꼼한 알람 셋팅.
빰빰빰!
깜짝!!
빰빰!!
핸드폰 가져가, 신수지!
이거 어떻게 끄는 거야!!
빰빰빰!!
아.
큰헬스장
큰헬스장
웡 웡
웡
웡
웡

아침에도 정말 많은 사람이
운동하고 있구나…!
쿵짝
쿵짝
쿵짝
복작
복작
복작
매일 저녁때만 와서
몰랐는데….
나도 이 배경에
자연스럽게 녹아드는 게
좋다….
파워워킹!
웡
웡
웡
웡
300kcal….
Kcal
302
TIME
62:03
빨리 걷기를
한 시간가량 해도
언제나 200~300kcal
정도구나.
운동을 아무리 열심히
하더라도 소비되는 열량은
크게 늘어나지 않는다.
고작해야
500kcal
내외.
하지만, 그 500kcal는
디저트 커피로도
간단히 채워진다.
그렇게 생각하면
식단을 지키지
않을 수가 없어….
개운한
출근길.
고구마가
꿀맛이네!!

잘 먹은 아침.
Plan
Sunday
Monday
8:20
바나나 1개
두부 약간
브로콜리 2조각
오렌지 반개
7:00
고구마 小 2개
두유 1병
12:40
현미밥
12:00
콩나물두부국
담백한 점심.
12:00
콩나물두부국
삶은계란 1개
현미밥
감자당근볶음
시금치
7:15
채소, 단백질,
약간의 탄수화물이
첨가된 저녁.
현미밥 1/2
고사리나물
두부부침
오이 1개
브로콜리 1/3송이
계란 흰자 2개
바나나 1개
7:10
우유 1잔
이렇게 먹은 날은
왠지 완벽한 하루를 보낸
느낌이 든다.
무슨 일
있으세요?
응….
다이어트 한다고
약속 다 쳐냈더니
우울해 죽겠어.
수지 씨는
그런 거 없어?
전 요즘은
일부러 약속
잡는걸요.
띠엄띠엄….
저기 보이는
전봇대
까지만….
다음 전봇대
까지만….
다음 전봇대
까지만….
…라는
마라톤 선수의
다짐처럼.
며칠만 있으면
친구 만나니까,
그때까진 열심히
하자!!
다음 주엔
엄마 아빠
보러 가니까,
조금 더 날씬해진
모습을 보여
드려야지.
며칠만 있으면
회식이 있으니까,
그때 똥똥하게
사진 찍히지 않으려면
지금 열심히 하자.
이번 주엔 옷 사기로
했으니까 그때까지
열심히 하자.
사이즈가 변할 수도
있으니까.
단기적인 목표를
계속 지켜나가다 보면
어느새 도착하게 된다.
맛있는
케이크 카페
갈래, 수지야?
좋아.
다음 주 주말
어때?

후두둑
후두둑
어? 오늘은 웬일로 이렇게 많이 먹는담?
쏴아아아
괜찮아. 이 정도로 신수지는 금방 살찌지 않을 테니까.
그건 그래. 지방대장님과 꼬마근육님이 어련히 알아서 하시려구.
에헤…
기념으로 하나만 챙겨야지.
그렇게 다이어트 1년째. 30kg을 감량하는 데 성공.
드디어 60kg 초반대에 들어섰다.
현재 신수지, 163cm/62kg.

518
꼭 이렇게까지 해야겠니, 참새야?
도저히 엄두가 안 나는데….
무슨 소리야! 엄마!!
어차피 해치워야 할 일이야.
꽈악
심연의 냉장고 QUEST
쿠우우우....
먹을 수 없는 음식을 전부 파괴하세요.
팍
팍
팍
팍
팍
윽! 냄새!!
철퍽
철퍽
이 떡은 언제 넣어둔 거야?
재작년?
윽!!
참새 엄마의 정기 건강검진 결과가 나왔다.

고혈압?
비만 때문이야…? 심각한 상황이래?
아니, 아니…. 아직 초기단계라 식습관으로 충분히 나아질 수 있대.
그래서 오늘 병원에서 권장하는 식단을 받아왔는데….
네가 요즘 지키는 식단이랑 비슷하더라고.
!
다이어트 식단과 환자의 식단.
두 식단이 비슷한 이유는
둘 다 몸을 건강하게 돌려놓는 것이 목적이기 때문이다.

가족들의 식습관을 바꾸려면 우선 냉장고 정리부터 해야 했다.
다이어트를 하면서 느꼈어.
우리의 몸은 먹는 음식으로 결정된다는 거.
그리고 우리가 먹는 음식 대부분은 냉장고에 들어 있다는 거.
그렇게 생각하면 냉장고가 곧 우리 몸이라고도 볼 수 있는 거잖아?
냉장고 그 자체를 몸속 나라로 생각하자.
깨끗한 나라를 운영하기 위해선 신선한 음식으로만 채워야 한다.
상하고 버려질 음식이라면 애초에 입국을 허락해선 안 된다.
조금만 방심해도 급속하게 슬럼화가 진행된다.

근처에 시장이 없는 참새네 집.
그날그날 싼 채소들이 꼭 하나씩은 있었어.
추가증정!
쌀/곡물
2+1
오늘은 양배추가 싼 것 같아. 저녁에 양배추 쌈 어때, 엄마?
여기 떨이 채소도….
….
50% SALE
라면 기획전 4+1
라면 보지 마! 빵도 안 돼!
안 돼! 안 돼!
하지만 싼데….
현미 쌀도 밥 해먹으면 라면만큼 싸!
자자, 눈이 살찐다니까.
눈에 살찌는 게 뭐야.
저쪽에 두부랑 우유는 유통기한 짧은 거 반값세일 하니까, 저기도 가보고.
그날그날 전단지에 싼 것들도 확인해서….
행사상
상품
5000
마트에서 나름의 노하우를 익힌 참새.
….
??
네가 나보다 더 주부 같네.
뭐어?

아무거나
대충 먹고,
꾸미지도
않더니….
50%
언제 이렇게
예뻐졌을까…?
오랜 친구
오렌지
옛날엔 엄마랑 같이
마트 나오는 거
싫어했었지.
모녀가 같이
뚱뚱하다고
사람들이
수군거렸으니,
엄마도 다 알아.
왜 모르겠어.
네가 살이
많이 빠져서
엄마는 정말
좋다.
엄마도
노력할게.

체중이 내려가야 건강해지는 게 아니다.
건강해질수록 자신에게
맞는 체중으로 돌아오는 것이다.
큰 헬스장
큰 헬스장
안녕하세요.
관장님!
안녕하세요.
FITNESS
일주일에 두 번은
관장과의 PT 때문에
꼬박꼬박 출석하는 부장.
자주 나오시진 않는데,
더 건강해지신 거 같아요.
헬스 말고 다른 운동들을
여러 가지 하고 있거든요.
등산이랑, 배드민턴이랑….
쭈욱
쭈욱
오, 정말
훌륭해요.
그래서
혈색이 더
좋아졌군요.

그… 그리고… 저기….
긁적 긁적
관장님한테 제일 먼저 말씀드리는 건데….
저, 곧 결혼합니다.
오, 정말요?!
축하의 의미로 5kg 올리겠습니다.
네온비 관장. 30대 중반 (남) 솔로.
부들 부들 부들
끄으읍!!!
자, 30초 휴식하시고요.
헥 헥 헥 헥
그런데 관장님. 그런 말도 있더라고요.
이렇게 열심히 운동해서 수명이 늘어나면, 운동으로 늘어난 시간만큼만 더 살게 된다고.
그럼 결국 같은 거 아닌가요?

….
….
인생을 자동차 여행으로 생각해 봅시다.
같은 시간을 여행한다면….
당연히 좋은 차를 고르고 싶으시겠죠?
….
빠르고 안전하고 멋있는 차를 살 수도 있고,
멀쩡한 듯 보이다가도 갑자기 급발진 되는 차를 살 수도 있고….
운동을 하는 건 좋은 차를 사는 것과 비슷하다고….
전 그렇게 생각합니다.
하하하
허허허
웃음이 나오는 걸 보니 덤벨이 너무 가볍나 보네요.
더 무거운 걸로 해봅시다.
으악!!
큰 헬스장
큰 헬스장

12. 저렴하면서도 다이어트에 좋은 음식

참새는 집안이 넉넉하지 못해 다이어트에 곤란을 겪습니다. 그렇지만 때깔 좋고 비싼 것만 먹는 것이 능사는 아니죠. 조금이라도 주머니 사정을 넉넉히 하고 싶은 독자와 참새를 위해 저렴하면서도 다이어트에 좋은 음식과 음식재료를 선정해보았습니다. 참고로 연재 당시의 댓글 가운데 모 독자님이 써주신 음식과 많이 겹칩니다. 그러나 저렴한 음식의 종류가 한정된 만큼 어쩔 수 없는 부분이 있습니다. 부디 이해해주시기를 바랍니다.

두부 식품 중에서 가장 양질의 단백질을 가진 음식입니다. 가격대가 다양합니다만, 한 모에 300g 정도 한다는 점을 고려하면 고기와 비교했을 때 아주 저렴합니다. 열량은 100g에 85kcal, 한 모에 255kcal입니다. 생각보다 열량이 많은 편이지만, 탄수화물 함량이 적고 양질의 단백질과 지방이 포함된 열량이므로, 안심하고 드셔도 됩니다.

바나나 양질의 탄수화물을 가졌습니다. 비타민과 무기질도 다양하고요. 사시사철 저렴하다는 점이 최대 장점입니다. 특유의 식감 때문에 빵을 좋아하는 사람에게는 좋은 대용품이 됩니다. 그러나 열량 자체는 1개에(180g) 92kcal 정도로 낮은 편이 아니니, 너무 많이 드시지는 마세요.

냉동 블루베리 〈다이어터〉 1권 308쪽에서도 소개되었는데 또다시 등장했습니다. 〈뉴스위크〉에서 세계 건강식품 탑10에 올렸을 정도로 좋은 식품입니다. 열량도 대단히 낮고, 냉동 제품은 1kg에 9,000~12,000원 정도로 저렴합니다. 최근에는 마트에서 쉽게 살 수 있으며, 인터넷에서 사도 됩니다. 맛은 새콤하며 단맛은 다른 과일에 비하면 약간 덜합니다. 딱딱하게 냉동된 상태 그대로 먹기보다는, 꺼내서 약간 녹이면 제맛이 살아납니다. 그러나 완전히 녹으면 즙이 뚝뚝 흐르고 금방 짓무르니 주의하시고요. 말린 블루베리는 설탕에 졸인 것이 대부분이고 가격도 비싼 편입니다.

양배추 샐러드의 대명사인 양상추의 훌륭한 대용품입니다. 영양적인 측면에서는 양상추보다 오히려 우수합니다. 오랫동안 유럽 사람들의 비타민과 섬유질을 책임진 식품이기도 하고요. 계절에 따라 비쌀 때도 있지만, 대체로 저렴하고 양이 압도적으로 많습니다. 보존성이 좋다는 것도 장점이고요. 강판으로 얇게 채 썰면 아삭아삭하게 식감이 좋아지니, 가능하면 얇게 써는 강판을 쓰세요. 얇게 썬 다음에는 잘 씻되, 물을 잘 빼지 않으면 쉽게 상합니다. 손질하지 않은 상태에선 오래 보존되지만, 손질한 상태에선 가능한 한 빨리 먹는 편이 좋습니다. 일본인들은 양배추에 유자 폰즈 소스를 곁들여 먹기를 좋아합니다. 유자 폰즈 소스가 아니더라도, 어떤 드레싱과도 잘 어울리니 좋아하는 것을 선택하세요.

냉동 닭가슴살 냉장 닭가슴살은 100g에 1,200~1,800원가량 합니다. 반면에 냉동 닭가슴살은 100g에 500~1,200원입니다. 엄청난 가격 차이죠. 제대로 조리할 경우, 냉장 고기보다 질이 떨어지지도 않습니다. 냉동 고기가 저렴한 이유는 도축한 직후 바로 급랭하기 때문에 보관이 쉽고 유통이 간단하기 때문입니다. 냉장 고기는 도축 후 바로 소비해야 하기 때문에 유통이 까다롭습니다. 그 차이가 가격에 반영되는 것이고요.

좋은 냉동고기를 고르는 방법은 HACCP(유해요소 집중관리기준) 인증을 보는 것입니다. 이 인증이 있는 상품은 약간 비싸지만 질이 더 좋습니다. 잘 알려진 브랜드 닭고기는 대부분 HACCP 인증이 있으며, 제품의 질도 양호합니다.

냉동 고기를 맛있게 요리하려면 해동이 중요합니다. 가능하면 냉장실에서 3~4일에 걸쳐 천천히 해동하는 것이 좋으며, 이것이 어렵다면 실온에서 해동합니다. 냉동 상태 그대로 조리하면 육즙이 많이 빠지고, 고기가 지나치게 질겨집니다. 한번 녹은 고기는 다시 냉동하지 마세요. 조직이 변해서 맛이 없어집니다.

단점이라면 일반 마트에서 구입하기는 쉽지 않고, 인터넷 마켓을 통해야 한다는 점입니다. 하지만 가격이 워낙 저렴해서 그 정도는 감수할 만합니다. 많은 양을 살수록 저렴해집니다만, 여름에는 해동이 된 채로 배달될 때가 있으니 주의하세요. 해동이 된 채로 배달되면 많은 양을 감당하지 못해 상하는 일이 생기겠죠?

고등어 대표적인 등 푸른 생선입니다. 흔한 생선이라 천대받는 느낌입니다만, 만약 귀한 생선이었다면 바다 고기의 황제로 등극했을 겁니다. 단 자반고등어는 염분이 많으니 피합니다. 철마다 가격이 다르지만, 생물 고등어 한 마리(350g 내외)에 2,500~3,000원 정도로, 육고기에 비해 저렴합니다. 해산물은 손질하기 어렵다는 편견이 있는데, 요즘은 점포에서 다 손질을 해줍니다. 껍질을 아래로 해서 그릴이나 프라이팬에 간단히 구워드세요. 지방 함량이 많은 편입니다만 등 푸른 생선의 위엄으로 불포화 지방산이 가득합니다. 100g에 열량은 182kcal입니다.

오늘은 수지의
다이어트
1주년 되는 날.
큰 헬스장
큰 헬스장
드디어 찬희의
다이어트 블로그가
오픈된다…!!
뭐 좋은 일
있습니까?
알 거
없네요~.
퇴근
하겠습니다!
쏴아아
큰헬스장
큰헬스장
어,
비오네.
동창회 사건 이후로
사이가 더 돈독해진 둘.
뒤통수를 때리는 것 같아
미안하지만….
나도 언제까지
이렇게 살 순
없잖니. 수지야.
그래도 내가 널
생각해서
얼굴은 가려줬어….
다이어트 사이트에
돈 받고 사진 넘길 수도
있었는데….
난 참
착하단 말이야.

룰룰루~
룰루….
어…?
시… 신수지!
신수지!!
신수지!!
신수지!!
수지야!!
일어나!!
철썩
철썩
철썩
아, 왜요…!!
커, 컴퓨터가
왜 이래!!!
네?
컴퓨터요?
바탕화면이 왜
저렇게 깨끗해진
거냐고…!!

아~ 너무 느려진 것 같아서 포맷했어요.
어차피 선생님 컴퓨터 별로 안 쓰잖아요…?
아… 으아….
으으…!!!!!
선생님?
부들 부들
빠직
으아아아아아아아!!!!
으아아아아아!!
철벅
철벅
철벅
으아아아아아!!
띵동
띵동

이, 이 자식
뭐야…!?
무슨
일입니까?
아, 이 코치.
이놈이 거 참….
…
아무 말도 안 하고
저러고 있다니까??
어이쿠!
퍽!
쾅
뭡니까 !!
나오세요!!
서 코치!!
나와!!
서찬희!!
쾅
쾅
쾅
쾅
쾅

….
자요?
….
신수지 회원님 정말 열심히 하더군요.
전보다 훨씬 예뻐지시고, 요즘은 공복 운동도 빼먹지 않고 나오고….
처음엔 신수지 회원님이 원래부터 의지가 강한 분이라고 생각했는데….
그런 의지를 심어준 사람이 서 코치라고 하더군요.
요즘 GX 수업 내용도 많이 노력하고 있는 게 보이고요.
자신의 방식을 놓치지 않으면서 회원들을 이끌어 가는 모습이 보기 좋네요.

처음엔 그냥 아무 생각 없이
가르치는 줄 알았어요.
몸 좀 된다고 트레이너 일을
쉽게 생각하는 사람들이 많거든요.
이 일도 다양한 지식과
사람에 대한 이해가
필요한 일인데 말이죠.
서 코치, 당신은 좋은
트레이너입니다.
경력이 없다고
사이비 취급한 건
사과드리죠.
…그런 건
이제 아무래도
상관 없어….
망했어.
망했다고.
기껏 칭찬해 주니까
그런 소리밖에 못 합니까?
망하긴
뭐가 망해요?
네?
…미안….

미안?!
저기…. 서 코치.
갑자기 그러니까 무섭네요.
평소대로 지랄을 하세요.
그게 더 어울리니까.
며칠만
여기 있을게.
저스틴….
왜요? 싫습니다!
도대체 왜
그러는 건데요?!
USB에 미리
저장하지 않은 내가
병신이야….
아니,
웹하드에만
올려놨어도….
끄으으으...
그러니까,
그런 블로그를
준비했었다고요?
응….
서 코치, 순진한 구석이
있으시군요?
겨우 그런 블로그로
성공이라니.
그런 비포/ 애프터
블로그가 얼마나
많은데요.
하지만, 1년 동안
몸의 변화, 치수, 식이,
운동을 상세히 기록한
블로그는 못 봤단
말이야.
그건 내가
성공할 수 있는
첫 번째
단계였다고.
그리고 그 정도는
복구 가능해요.
저처럼 컴퓨터만
좀 알면.

!!!!!!
물론
해 줄 생각은
없지만.
신수지 회원님
모르게
비밀로 만든
거잖아요?
아는 사람이
포맷을 해요?
고치지 않겠습니다.
아… 아니야!
알아!!!
고쳐줘
!!!
이 자식이
!?
본인에게 직접
허락을 받으면
모를까.
알았어,
그럼 말할게….
말하면 되잖아?
신수지는 이해해
줄 거야…!
그 말을 어떻게
믿죠?

모두 알게 된 수지.
…지금까지 그런 꿍꿍이가 있었던 거예요?
…그러니까… 뭐… 꼭 그렇다기보다는 ….
그래! 너의 경험담을 바탕으로 다른 비만인 사람들을 구해주고 싶었던 거야…!
사탕발림 입니다.
어디 보자….
퍽
퍽
퍽 퍽 퍽
…사실
?

얼마 전
티비에서 봤어요.
서바이벌 다이어트
프로그램에서
출연 기회를 얻으려고
길게 줄 서 있는
사람들을…
뽑히지 않은 수많은
사람들에게도 희망을
주고 싶다고….
그 사람들에게
제가 했던 방법을
알려주고 싶다는
생각을 했었어요….
그래! 신수지!!
내 생각이 바로
그거였던 거야!
그냥 자기
야망을
위해서였던
겁니다.
퍽
저스틴, 제발 좀
닥쳐 줘…!!
퍽
퍽
퍽
저한테 허락받고
공개하는 거랑
몰래 하는 거랑은
다르잖아요!
그리고 드디어…
찬희의 블로그 오픈.
트레이너 서찬희의 매일매일 블로그
다이어트의 지름길은 없다!
story
photo
work
schedule

오늘은 몇 사람이나 들어왔어요?
200명.
슬슬 입소문 타고 있나 봐. 다이어트 카페에도 주소를 올렸거든.
그렇군요….
더 많이, 많이 봤으면 좋겠어요.
사람들이 쉬운 방법에 혹하고 흔들리지 않게.

우리 몸에서 필요 없는 건 없다.
INK
이제 사인을 하시면 평화협정이 맺어집니다.
수분.
나트륨.
지방과 근육은 앞으로 수지나라의 건강과 번영을 위하여 각자 맡은 일에 전력을 기울여 주십시오!!
탄수화물.
수지나라의 새로운 시대가 열린 것을 엄숙히 선포합니다. 대표, 뇌.
단백질.
식이섬유.
지방.
사삭
근육.
사삭
수지나라 만세!!
수지나라 만세!!
수지나라 만세!!
지나치거나 모자라면 문제가 되는 것일 뿐.

와아아아아
잘됐어.
정말 잘됐어 ….
으흐흑 ….
이 나라엔 모두 필요한 존재들이다.
대장님 ….
다행입니다.
그 꿈대로 되지 않아서.
와아아아
대장님은 잘 해나가실 수 있을 겁니다.
그동안 감사했습니다. 대장님.
부디 행복하십시오.
60.2

꾸준한 공복 운동은 지방 감량에 탁월한 효과가 있었다.
아침 먹으면 60.5나 61쯤 나가겠다.
중학교에 들어가기 전부터 이미 60kg이 넘었던 내가….
진짜 50kg대가 코앞이구나.
표준 몸무게에 점점 가까워진다.
김미영
최신형 바다이야기. 배당률 최고!
피트니스센터
다이어트 블로그를 보고 연락 드립니다.
양동생명
보험 드세요. 보...험...+
…….

큰 헬스장
큰 헬스장
참새의 12주 다이어트도
어느덧 9주차로 접어들었다.
오늘의
인바디 결과는
169cm. 74kg
목표는
67kg.
매일 걸을 것.
서킷 트레이닝과
생활 속 운동.
식사와 운동,
모든 것을
기록할 것.
나트륨과 탄수화물 조절.
참새는 저스틴이
처음 맡아 본
부유하지 않은 회원.
선생님.
무지방 요거트는
살이 안 찔까요?
지방량보다는
탄수화물과 당의
수치를 보고
드세요.
저스틴은 참새가
어디로 가야 할지
알려주는 길잡이였다.
참, 선생님. 요즘
저희 식구들이
전부 식이 조절한다고
했었잖아요.
우리 엄마도 요즘
살이 많이 빠졌어요.
아빠도 최대한
식단을 맞추려고
하긴 하는데요.
회식때문에
힘들어서
고민이라고….

참새 회원님.
요즘 말이
많아지신 것
알아요?
네? 아….
죄송합니다.
아니, 좋은 뜻이에요.
예전엔 항상 경계하는
느낌이었거든요.
예뻐지니까
자신감도
붙은 것 같아요.
오늘은
10분 동안
워밍업
하시고
….
빡
빡
빡
….
… 서…
선생님.
?
저…. 지금
74kg인데….
만약 60kg대로
들어가면….
소원 하나
들어주시면
안 돼요?

네, 들어
드릴게요.
네?!
뭐….
뭐든지요?
웅
웅
웅
네, 뭐든지.
제가 맡은 회원이
그걸 계기로
열심히 한다면
저도 못할 게 없죠.
방긋
방긋
네!
신수지
회원님한테
실컷 맞은 데는
괜찮으세요?
이, 이 자식
조용히
못 해?!

뭐…
어쨌든.
요즘, 송참새
회원을 보며
느끼는 게 많아.
…너도
좋은
트레이너야.
저스틴.
웡
웡
웡
너무 당연한
말이라서
감흥이 없군요.
이놈이
칭찬을
해도….
굳이 서 코치를
이기려고 참새 회원님을
맡은 건 아니에요.
그냥 보여주고
싶었던 겁니다.
엄격한
식단조절을 통한
빠른 다이어트도
나쁘게만 생각하지
않았으면 해서.
그걸 할 수 있는
사람부터가
흔치 않거든요.

…저스틴.
의논할 게
있어.
큰헬스장
큰 헬스장
통 통
통 통…
뭐해?
아, 선생님.
깼어요?
부스럭
부스럭
오늘은
회식할 것 같아서
도시락 미리
싸 놓으려고요.
신경 쓰지 말고
더 주무세요.
아직 새벽인데
….
아니야.
나도 이제
슬슬
일어나려고
했어.

자전거를
못 탄다고?
내가 잡아줄게.
탈 수 있을
때까지
잡아주면
되지?
넘어졌어?
바보야!
일어나!
울지마! 다들
넘어지는 거야.
좋아.
좋아.
그렇게
가는 거야.
어어? 이렇게
빨리 가면
잡고 있기가
힘들어!
선생님!
응?

… 이제 괜찮아요.
저 혼자도
잘 탈 수 있는걸요.
봐요.

신수지.
이제 혼자서도
잘할 수 있겠지?
네?

난 오늘 이 집에서 나갈 거야.
다른 헬스장에서 좋은 조건으로 트레이너 제의가 들어왔거든.
그 근방 고시원이라도 알아보려고.
관장님께도, 저스틴이랑도 상의했어.
다이어트의 목표는 건강한 생활습관을 유지해 가는 거야.
혼자서.
이제부턴 그동안 배웠던 운동들을 네 체력에 맞게 해주면 돼.
운동 수첩은 두고 갈게.
아 ….
그래요 ….
뭘 멍하니 서 있어?
공복 운동 가야지.
아아, 네.

웅웅 웅웅
웅웅 웅웅
웅웅 웅웅
뚝 뚝 뚝
돌돌돌
선생님!!
하아, 하아!!
헉….
헉헉.
헉….
야, 너 회사 지각이야!
기다려요…!
가… 가기 전에…. 이거….
보여 드리고 싶은 게 있어서요…!

카메라 롤
534/534
편집
59.8
…
신수지.
넌 최고의
다이어터야.
운동을 멈추지 마….

몽땅 사라졌어!!
내가 깨알같이 모아뒀던 그 많은 쿠폰들!
버렸다.
'하겠지만..' 이 아니야!
노력 '하는' 거다.
찔끔
지갑에 현금들은 네 통장에 다시 저축해두겠어.
토하면 식도랑 위랑.. 엄청 상하겠지..?
아..... 한심하다 정말.....
퐁
퐁
퐁
위산이 역류하면서 토하는 기분이 세상에서 제일 싫은데.....
'운동 가야 되는데….'
'많이 먹었어요. 어떡하죠?'
'운동하기 싫은데 어떡하죠?'
왜 하는 거지. 이 말을?
어떡하긴 뭘 어떡해. 많이 먹었으면 살이 찔 것이고 운동하기 싫으면 운동을 못하겠지.
수지야. 너는 내 첫 번째 회원이지만, 나는 너만 가르치고 끝이 아니야!
난 좋은 트레이너가 되고 싶다.
앞으로 가르칠 더 많은 뚱뚱한 사람, 아픈 사람, 노인, 어린이….
모두에게 건강한 몸을 만들어 주는 그런 사람이 되고 싶단 말이야.
이 운동도 익숙해져서 내 것으로 만들어야만, 나중에 선생님이 없어도 혼자 할 수 있어…….
탁
탁
탁
탁
첫 월급을 타면 원래 부모님한테 내복 같은 거 선물한다면서.
난 부모님이 없으니까.

선생님!

그동안
고마웠어요.
그리고….

…
고맙습니다.

그래, 안녕.

하하하하.
그게 뭐야.
낄낄.
쏴아아
?
쏴아아아아아
뭐지?
셀룰 님이야.
산속 깊은 곳에서
고행하고 있다는
소문은 들었어.
이렇게 직접
눈으로 확인한 건
처음이지만 …
콰콰콰
콰콰콰
우리가 너무
깊게 들어온 것
같다. 돌아가사고.
그, 그래…!

아~~~!!!
수지 씨, 왜 그래?
어제 회식 때 좀 정줄놓고 먹었더니….
오늘 아침에 58kg 나가더라고요. 어제보다 1kg 늘었어요.
에이, 금방 빠지겠지. 수지 씨는 다이어트의 달인이잖아?
달인은요. 그냥 꾸준히 하는 거죠, 뭐. 그러는 대리님도 많이 빠지셨으면서.
흠…. 1개월에 2kg 정도면 나름 괜찮지?
그보다 수지 씨! 이번 주말에 소개팅 어때? 내가 아는 동생 중에 괜찮은 사람이 있는데….
생각 있어?
소개팅….
아뇨, 당분간은 계속 이대로 지내고 싶어요.
그래? 아쉽다~. 외롭진 않아?

네, 지금 전 너무 행복해요. 매일매일….
예전에 못했던 것들을 많이 누리고 있어서….
아직은 이런 삶을 즐기고 싶어요.
참새
언니, 주말에 시간나면 동대문에 같이 옷구경 갈래요?
좋아~^^
참새
ㅇㅋ!
연애는 언젠가 하겠죠.

신수지.

여전히 조금씩 빴다가 쪘다가 하며
꾸준히 노력 중.

언니…!
72kg에서 움직이질 않아요. ㅇㅇㅇ…!
저 정체기 인가 봐요!
응?
하지만, 참새 넌 키도 크고, 예전보다 훨씬 예뻐졌는걸.
그래도…!

빨리 60kg대 찍어야 하는데…!
3kg만 빼면 되는데….
곧 도달하게 될 거야! 너무 조급해 하지 마~.
60kg대 되면…. 저스틴 선생님이 소원 들어준다고 했단 말이에요…!
와~ 진짜?
소원이 뭔데?
…
…
좋아하는 구나.
근데, 저스틴 선생님 되게 인기 많던데….
선생님!
선생님!
하하하
밥 사드릴 까요?
주말에 뭐하세요?
움찔
알아요, 저도.

칫.
이따 운동 같이 가요.
그래!
cafe
큰헬스장
큰헬스장
송참새 회원님. 오늘은 몇kg~?
왜요.
나 소원 들어주고 싶은데.
으으….
선생님, 대체 왜 이렇게 멋진 건데요…?!
이놈의 살!! 빠져라!!
왱
왱
왱
왱
왱
왱
빠져버리라고!
끄아 아아아 !!!

송참새.

근성 있는 다이어터.
목표는 아직 이루지 못했지만
점점 가까워짐.

수지를 떠났던
찬희는….
….
일주일 만에 다시
돌아왔다.
KEUN HEALTH
미치겠네….
왜 자꾸
양말이
사라지는
거야?
투덜
투덜
양심적으로
헬스장 양말은
좀 가져가지
맙시다.
후….
꼭 우리 집으로
와야겠냐?
네놈이 오면
서재를 치워야
된다고….
아, 차별 아닙니까?
저스틴은 되고
왜 전 안 돼요?
꼬우면
고시원으로
꺼져.
옮긴 헬스장
분위기가
자기랑 맞지
않았다고
했다.
신수지 집에서 살다가
고시원에서 못살겠어요.
제가 얼마나
멋있게 때려치우고
나왔는지 아세요?
시끌
시끌
다시 돌아가기
쪽팔린다고요!
돈 모일
때까지만
좀…!

관장네 집에
얹혀 살게 된 찬희.
출출해….
부스럭
어?
뭐하냐?
출출해서요.
나도 줘.
싫습니다.
제가 산 거예요.
나도…!
나도 먹을 거야!
턱
저스틴 리 186cm
이익…!
서찬희 173cm
파닥
파닥
솔
솔
와르르르
뭐야.
!
아니, 서찬희!! 너 이놈이 또…!

가!! 당장
고시원으로
꺼져버리라고!
아, 아니에요!
저 아니에요!
넌 항상
아니라고
하잖아!
저 자식이
쏟은 거예요!
그래요,
관장님….
제가
그랬습니다.
….
이 코치의
반만 닮아봐라!!
뻥
아이고!
억울해서
못 살겠네!!
찬희의 야망은
얼추 이루어졌다.
<1> 유명 블로거.
방문자 수가
매일 늘고 있네.
친절하게
답변해 줘야지.
타탁
타탁
절반의 성공.
<2> 인기 트레이너.
큰 헬스장에서는
나름 인기 트레이너.
서 코치!!
정수기 물이
떨어졌어!!
아, 왜 이런 일엔
저만 찾아요.
이 코치,
이것 좀
드셔볼라우?
아하하하.
괜찮습니다.
호호호호!
….

<3> 네온비 관장 청소시키기.
왔니?
네.
오늘은 창문과 창틀 청소 하는 날이야.
자, 손걸레는 여기. 집에서 삶아 왔다.
....
에잇!!!!! 진짜 못 해먹겠네!!!
?!
드디어 폭발한 서찬희!
제가 잡부예요? 정식 트레이너 라구요!!
청소는 이제 관장님도 하세요!
아니면 청소하는 사람을 늘리시든가!!
....
그렇군!
왜 그 생각을 못했을까?
내가 네 옛날 모습만 생각하고 청소를 시켰구나. 정식 트레이너라는 걸 깜박했다.
그래, 번갈아 하자. 그게 뭐 대단한 거라고.

ㅋㅋㅋ미안.
자,여기부터
하면 되지?
이… 이게 아냐….
이 느낌이 아니야….
즐거운 청소~♪
으흐흐…
<4> 건물 주인이 되는 것.
서 코치, 내가
서 코치를 특별히
아끼는 거 알지.
뻥튀기
아줌마,
건물 주인.
정수기 물
갈아 드려요?
아니.
건물 관리 겸
알바 해볼래?
오전반 코치
한 명 더 모집
중이잖아.
그 시간에 하면
되는 거야.
돈도 많이 줄게!
건물
관리?!
돈도 많이 ?!
네! 할게요.
당연히 하다마다요!
이 건물을 관리하려면
뭘 하면 되나요?!
응, 청소.
그동안 5층만
청소하면 됐었는데
이제 서찬희는
1~5층을 모두
청소하게 됐다.
크흑…!
딱
딱
딱
껌 떼는 중

<5> 서적 출간.
하루에 삶은 달걀 3개, 토마토 2개 어때요?
운동 매일 한 6시간씩 하면 빨리 빠지겠죠?
근력 운동하면 우락부락해 지잖아요?
같은 대답을 되풀이하는데 지친 찬희는
자신의 노하우와 기본 다이어트 상식을 타이핑, 인쇄해서 스템플러로 묶었다.
서찬희의 다이어트 체로
이거 읽고 나서도 궁금한 게 있으면 물어보세요.
<6> 인터뷰, 찬닭.
찬닭이란 이름은 다른 인기 탤런트가 먼저 선수를 쳤다.
박찬찬의 찬닭!!
CHAN DAK
으악!! 내가 먼저 생각한 브랜드인데!
나쁜 자식.
하지만 블로그를 통해 케이블 TV 출연요청이 들어왔다!
×삭제
쪽지읽기 ::
http://note
최PD
12-07-01 [19:42]
차단 | 신고
안녕하세요. 서찬희 님.
서찬희 트레이너님의 블로그 잘 보고 있습니다.
다름이 아니라 이렇게 연락을 드리는 이유는,
서찬희 코치님께서 저희 케이블 프로그램에
출연하실 트레이너로 이미지가 맞아 출연 요청을
드리기 위해서입니다.
저희 프로그램은 건강한 몸을 위한 프로젝트를 국민에게
알리기 위한 목적으로, 연락 주시면 찾아뵙고
읽은 쪽지는 30일 후에 자동으로 삭제됩니다.
읽지 않은 카페 단체 쪽지는 3개월 후 자동삭제됩니다. 자세히
이전 | 다음
큰 헬스장
큰 헬스장
헬스장으로 찾아 온 방송 스탭들.
안녕하세요. 제가 서찬희 입니다.
후후후.
뒤에 저 분도 코치인가요?

예? 아….
저… 정식 코치 아니에요.
알바생이에요. 금방 꺼질 놈이죠. 신경 쓰지 마세요.
저… 저기.
속닥 속닥 속닥
두 분이 같이 출연하면 어떠세요?
멋진 복근을 쉽게 가질 수 있는 기회!
배에 두르기만 하세요!!
나머지는 기계가 다 알아서 합니다!!
드드드드드드
드드드드드드
땀이 뻘뻘 나는 게 보이시죠??
주문전화가 폭주하여 상담원 연결이 어렵습니다!
자동주문을 이용해 주세요!
즐거운 피서의 필수품!
48kg
복부 비만이여. 이제 안녕!

이거 찍으려고
저까지 끌고 온
겁니까?
더 이상
못하겠습니다!
배도 아프고!!
철썩
야, 니가
가버리면
나도 못 찍는단
말이야!
이런 거 찍는다고
달라지는 거 없어요!
오히려 이미지만
안 좋아진다구요!!
어차피 넌
마스크도
썼으면서
뭘그래?
난 출연료 받아서
적금 부을거야!
시끌
시끌
대기실
5분
남았습니다.
촬영
준비해
주세요.
한편, 부장은….
건강한 퉁퉁맨
유지 중.
자, 청첩장입니다.
청첩장이에요~!
아줌마도
받아요.
김부장
윤숙
Wedding in
오~. 결혼하슈?
난 축의금
많이 내야겠네요?
절친이니까!
풋…. 절친은 무슨.
시간 나면 오기나 해요.
음식은 괜찮으니까!
뻥튀기 아줌마는
1년 전이나 지금이나
변화없음.
GX 수업 때
짝꿍이었으면
절친이지 뭘?
쉿! 행여나
결혼식 때
그런 얘기
하지 마요.
우리 숙이 씨
질투가
심해서….

딴 딴따딴~♫
WEDDING
신랑과 신부는 서로를 아끼고 사랑하며…
오래오래 행복한 가정을 이루기 위해
늘 건강하시길 바랍니다…!
우와…
그득 그득
냠 냠 냠 냠
으으…! 맛있다!
역시 먹는 기쁨은 포기하기 힘들어~~!!

저녁에 조금 더
운동하자…!
끄으으…
으흠?
?
와장창!!
왜 그래??
무슨 일이야?!
응??
정신
차려!!
아…. 미안해,
나도 모르게.
내가 왜
그랬지?
어휴,
누가 보기 전에
빨리 치우자.
힘들게 되찾은
수지나라의 평화.
하지만 우리는
잊지 말아야 한다.
지방의 숫자는
줄어들지 않았다는
사실을.

단지
작아졌을 뿐.
수지사 박물관
이 코너는
부장 결혼식 뷔페
기념주화죠.
그날 하루
약 30여 개가
생산되었습니다.
화폐로서의
가치는 없지만….
건강한 식습관을
꾸준히 지켜야 하는
이유는,
그들은 언제든
예전의 크기로
돌아갈 준비를
하고 있기 때문이다.
많은 사람이
조급함 때문에
다이어트에 실패하고
몸을 망치지만….
낙심할 필요는
없다.

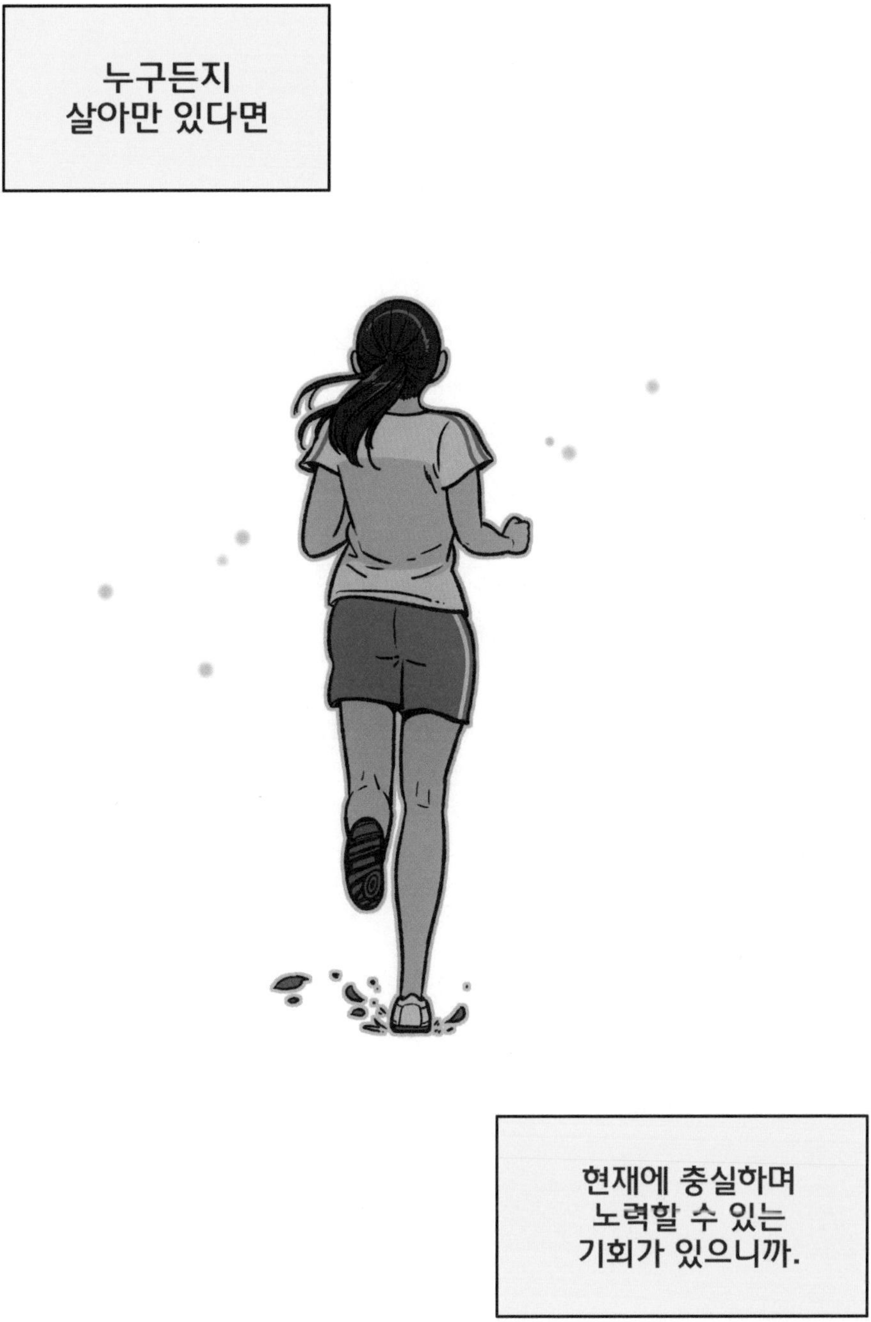
누구든지
살아만 있다면
현재에 충실하며
노력할 수 있는
기회가 있으니까.

★〈다이어터〉 마침

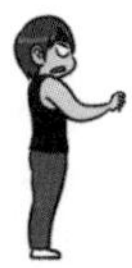

귀여운 〈수지나라〉는 어떻게 만들어졌을까?

콘티 엿보기!

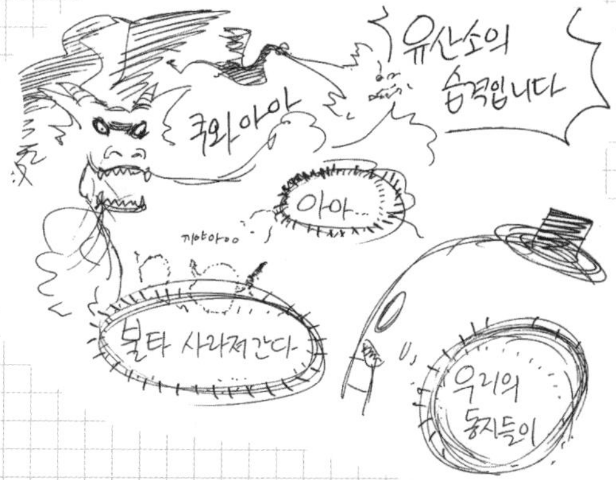

크와아앙
유산소의 습격입니다
아아...
끼야아oo
불타 사라져간다
우리의 동지들이

이자식!! 무슨짓을 하고 있는거야...
당장 멈춰줘.. 제발...

초기 지방대장의 모습.
성별도 남자.

몸속 나라 설정 1안: 연재분과 가장 비슷한 느낌.
초반 지방대장의 모습은 본문 속 아몬드 지방의 모습과 비슷했습니다.

몸속 나라 설정 2안: 지방들은 대머리 마피아,
갱스터, 조폭의 느낌. 그리고 그에 맞서는 근육들은
혁명가 느낌으로. (안고 있는 아이는 꼬마근육)
그리다 보니 주간 연재로 도저히 표현할 시간이 없고,
쓸데없이 진지해질 것 같아서 보류했습니다.

몸속 나라 설정 3안: 지방이고 근육이고 모두 〈수지〉로.
그려보니 왠지 이건 아니라는 생각에 보류했습니다.
결국 1안을 좀 더 다듬어서 가기로 결정.
하지만 몸속 신수지의 모습은 아까워서
"지방대장"의 모습으로 재탄생되었습니다.

1
[많은 사람이 조급함 때문에 다이어트에 실패하고
몸을 망치지만,..]
야외에서 달리는 수지의 옆모습
반팔 반바지 트레이닝 복 차림이
수지의 옆모습이 클로즈업 된다.
[낙심할 필요는 없다.]
수지의 달리는 전신 컷 뒷모습과 함께 나레이션.
[누구든지 살아만 있다면]
[현재에 충실하며 노력할 수 있는 기회가 있으니까.]
5월 말,
다이어터 시나리오
완성.
기분이 이상하다….

2
7월 초,
다이어터 마지막화
완성.
기분이 이상해….

안녕, 다이어터….

3

<네온비> 검색 중
….
관련 키워드를 자주 검색해서
나온 리뷰나 감상글을 읽어 보는 온비와
그렇지 않은 캐러멜.
…난 닉네임
잘못 지은 것
같아.
일단 먹는 게
같이 검색되고….
내 닉네임을
정확히 쓴 글을
찾기가 어려워.
<캐러멜>
<카라멜> <캬라맬>
<캬라멜> <캐러맬>
<카레멜> <캐러멀>
캐작가의
닉네임은
정확히
캐,러,멜
입니다!
캐러멜!
이래서
닉네임이나
만화 제목 짓기는
중요하답니당

4

3권 표지를
한참 고민할 무렵
이것도 별로
저것도 별로
으으….
한 줄기 빛 같던 한 독자분의 메일
네온비 작가님.
학교에서 광고 디자인하라고 해서
다이어터 3권이 나온다는 가정하에
표지를 그려 보았습니다. 대장금 버전이고
수지가 들고 있는 것은 신선로 그릇입니다.
이것 보세요!
대장금
어때요?
좋아요!
좋아요!
담당자A
담당자L
좋아!
고마
워요
그 독자분께는
감사의 뜻으로
캐러멜 스튜디오의
모든 단행본을
사인해서 보내주기로
했다.
감사
해요
다시 한 번
감사합니다.

Index

부록

본문

안녕

다이어터 3

초판 1쇄 2012년 7월 12일
개정판 1쇄 2021년 1월 4일
4쇄 2024년 5월 20일

지은이 캐러멜 · 네온비

발행인 박장희
대표이사 겸 제작총괄 정철근
본부장 이정아
편집장 조한별

기획위원 박정호

마케팅 김주희 박화인 이현지 한륜아
디자인 변바희 김미연

발행처 중앙일보에스(주)
주소 (03909) 서울시 마포구 상암산로 48-6
등록 2008년 1월 25일 제2014-000178호
문의 jbooks@joongang.co.kr
홈페이지 jbooks.joins.com
네이버 포스트 post.naver.com/joongangbooks
인스타그램 @j__books

ISBN 978-89-278-1192-3 04810
ISBN 978-89-278-1189-3 (set)

중앙북스는 중앙일보에스(주)의 단행본 출판 브랜드입니다.